어느 서울대 공대생의 한국전쟁

어느 서울대 공대생의

한국전쟁

김형갑 저
이강재 편

역락

우리 현대사에 있었던 비극적인 사건을 몇 가지 꼽는
다면 1950년에 일어난 6·25 전쟁이 빠지지 않을 것이
다. 그런데 이 전쟁은 휴전의 형식으로 끝난 듯하지만,
실상은 아직도 끝나지 않았다고 할 수 있다. 그것은 국
내외 곳곳에 전쟁의 후유증을 안고 살아가는 사람들이
여전히 적지 않다는 점에서 확인되며, 좌우와 남북의
대립이라는 이념의 갈등과 대립이 우리 사회에 깊이 남
아있다는 점에서도 그렇다. 또한 이 책에 실린 고 김형
갑 박사의 일생과 6·25 전쟁 중에 겪었던 이야기를 읽어
보면 아직도 끝나지 않은 전쟁의 상처를 돌아보게 된다.

고 김형갑 박사는 1930년 전라북도 정읍에서 출생하
였다. 서울에서 중앙고등학교를 졸업한 후 전쟁이 발발
하기 직전인 1949년 서울대학교 공과대학에 입학하였
다. 이 때문에 그의 대학생활은 큰 변화를 겪게 되었고
북한 인민군으로 강제 징집되어 전쟁을 겪게 된다. 이
책에 실린 「나의 편력─내가 겪은 6·25」는, 6·25 당

시 그가 겪었던 일의 한 단면을 자필로 기록한 글이다. 그가 전쟁 발발 후 바로 서울에 진군한 북한군에 의해 징집되어 갖은 고생을 겪은 후 다시 탈출하여 가족들과 만날 때까지의 기록은, 6·25에 대해 우리가 이전에 접하지 못한 생생한 내용을 담고 있다.

그러나 6·25 이후 그가 어떻게 살았는지에 대해서는 이 책에 기록되어 있지 않은데, 그 일부만을 생각해도 그에게 전쟁의 상처가 무엇이었는지 더 깊게 생각하게 된다. 그는 인민군에서 탈출 후 다시 서울대학교에 복귀하고자 하지만 거부당한다. 그가 인민군으로 있었다는 사실 때문이다. 이 때문에 그는 형님의 권유로 지금의 전라북도 익산에 있는 이리공대(현 전북대학교 공대의 전신)에 다시 입학하여 졸업하게 된다. 그 후 그는 미국으로 유학하여 펜실베니아 대학(University of Pennsylvania)에서 전자공학으로 석사와 박사학위를 취득한다. 또한 석사과정을 마친 후 잠시 미국의 G.E.사에서 연구원으로 지내기도 한다. 1965년부터 1992년까지는 캐나다의 마니토바 대학(University of Manitoba)의 전기전자공학과 교수로 재직하였으며, 1993년 64세의 많지 않은 나이로 머나먼 이국땅에서 세상을 떠나게 된다.

그는 1974년 한국과학기술원의 초빙교수로 와서 학생을 지도하기도 하였고, 서울대학교와 전북대학교의 초빙교수를 역임하기도 하였다. 1970년대 우리나라의 독자적인 기술개발의 필요성이 부각되면서 해외에 있는 우수한 과학자를 국내로 초빙하는 일이 많아졌으며 그 기회를 이용하여 귀국했던 것이다. 과학기술원 재직 중에 지도한 대학원생의 논문이 해외의 유명학술지에 수록되었고, 또 당시 그의 지도학생 중에는 현재 카이스트에 재직 중인 교수도 있을 정도로 그의 학생지도와 과학기술은 뛰어났다고 평가받는다.

6·25라는 엄청난 경험이 없었다면 그는 아마도 국내의 중요한 대학에서 공학을 전공하는 교수로 지내면서 후학을 양성하면서 큰 역할을 했을 것이며 비교적 편안하게 한 생애를 마쳤을 지도 모른다. 국제인명사전에 등재될 정도로 뛰어난 과학자가 이처럼 세계를 떠돌며 살 수 밖에 없었다는 것은 6·25가 남긴 비극의 하나라고 할 것이다.

고 김형갑 박사의 이야기는 특별한 계기에 의해 서울대학교에 알려졌고 2012년 8월 그에 대한 명예졸업장 수여식이 거행되었다. 그것은 그의 초등학교 친구이자

서울대학교 공과대학 동기였던 유태용 전 방재협회 회장에 의해서이다. 유태용 전 회장은 서울대학교 토목공학과 출신으로 평생 댐 관련 업무에 종사하였는데, 2011년 자신이 모은 상당한 재산을 서울대학교 발전기금에 출연하면서 집안 형편이 어려운 학생들의 장학금으로 사용해줄 것을 부탁하였다. 이 기금은 매학기 공과대학에 재학 중인 20명 정도의 학생에게 전액 장학금을 수여할 정도로 많은 액수이다. 발전기금 약정식이 있던 당일 유태용 회장은 서울대학교 오연천 총장에게 본인의 친구인 고 김형갑 박사의 안타까운 이야기를 언급하였다. 그리고 오연천 총장께서 그 자리에 참석했던 공과대학 학장에게 전후의 사정을 알아보고 명예졸업장 수여가 가능한 지 여부를 알아보도록 하였고, 결국 그 다음 해인 2012년 여름 명예졸업식 수여식이 열렸다.

다만 아쉬운 것은, 그의 사후 캐나다에 있는 배우자는 재혼을 하게 되었고 명예졸업장 수여식에 연락이 미처 되지 않아 서울에 거주하는 조카만이 참석할 수 있었다는 것이다. 또한 이 책에 실린 글은 모두 고 김형갑 박사가 직접 쓴 것이기는 하지만, 사후에 서울에 거주하는 조카의 손에 남아있던 것을 내가 다시 정리하여 책의 형식으로 내놓게 되었다.

 사실 나는 이전까지 고 김형갑 박사에 대해 아는 것
이 없을 뿐만 아니라 별다른 연관 관계도 없는 사람이
다. 그의 친구인 유태용 회장이 내 집안 어른인 관계로
이 책의 출판을 대신 해주기를 부탁받았고 그 이후 대
부분의 이야기를 듣게 되었다. 그런데 나는 처음 원고
를 받아 읽어보면서 6 · 25에 대해 새삼스럽게 많은 내
용을 알게 되기도 하였지만, 글 자체가 너무나 흥미로
웠다. 생생한 기록이라는 점도 그렇지만, 내용 자체만으
로도 매우 극적이고 유려한 글 솜씨에도 감탄하였다.

 처음 유태용 회장은 이 원고를 정리해서 자료집 형태
로 제작한 후 장학금을 받는 후학들에게 나누어주고 싶
다는 의견을 내놓았다. 이를 통해 대학에서 공부하는
학생들에게 친구인 고 김형갑 박사의 일대기를 알게 해
줌은 물론, 지금의 학생들이 과거보다 훨씬 좋은 환경
에 있는 만큼 더 열심히 공부해야 한다는 생각을 심어
주기를 희망하였다. 그런데 나는 글을 다 읽어본 후 유
태용 회장을 설득해서 정식 출판을 통해 일반 독자들도
읽도록 하는 것이 좋겠다는 의견을 피력하였다. 또 정

식 출판을 통해 고 김형갑 박사의 이야기가 우리의 역사 속에 기록으로 남겨졌으면 하는 희망을 갖게 되었다. 이것이 이 책이 출판되게 된 과정이다.

그런데 막상 이 책을 출판하려고 하면서 몇 가지 부분에서 어려움이 있었다. 김형갑 박사는 이미 세상을 떠났고 그의 가족들은 연락이 되지 않기 때문에 생기는 문제가 그 중의 하나이며, 적절한 출판사를 찾는 것도 쉽지 않은 일이었다. 또 이 책에서 언급한 내용이 나의 전공과는 무관한 것인데 내가 편집자로서 참여하는 것이 적절한 지에 대한 걱정도 없지 않았다. 그럼에도 이 책을 흔쾌히 출판하겠다는 출판사를 만났고 또 이 책 자체가 나에게 흥미롭게 다가왔다는 점 때문에 결국 출판을 위한 작업을 하게 되었다.

고 김형갑 박사의 에세이는 모두 네 편이 전해진다. 그 중 「나의 편력―내가 겪은 6·25」는 대학 재학 중 북한 인민군으로 강제 징집 후 탈출하여 가족을 다시 만날 때까지 겪은 이야기를 기록하고 있다. 우리는 이 글에서 그의 생생한 육성을 통해 6·25를 다시금 생각하게 만든다. 「대리시험」은 서울대학교 전기공학과 동문회 소식지에 수록되었던 것으로, 그가 고등학교 시절 겪었던 이야기를 유머스럽게 남긴 수필이다. 그의 인간적인 면모를 알 수 있게 해주는 글이어서 이 책을 만들면서 함께 실었다. 「한 工學人의 눈으로 본 '東'과 '西'」는 대한전기학회 학술대회에서 했던 강연 내용으로, 해외에서 오랫동안 살았던 공학도로서 그가 동양과 서양의 차이점은 어디에 있는지 그리고 서로 배울 수 있는 점이 무엇인지를 기술한 것이다. 비록 20여년 전에 쓴 글이지만, 아직도 우리가 생각해 볼 만한 글이라는 점에서 이 책에 수록하였다. 그가 쓴 에세이 중에는 「캐나다의 대학」이라는 글도 있는데, 변화가 많은 대학의 현실을 생각할 때 지금의 현실과는 좀 떨어져있는 내용이라고 판단되어 이번에 책으로 엮으면서 제외하였다.

이번에 책을 만드는 과정에서 나는 몇 가지 부분에서 수정과 편집을 하였다. 단락을 새로 나누거나 일부 문장을 바꾼 것도 있고, 과거의 글이기 때문에 사용된 어휘가 지금 이해가 안 되거나 부적절하다고 판단한 것도 일부 수정하였다. 또 「나의 편력」에 있는 내용 중에는, 6·25라는 아픈 역사가 당시의 모든 사람들이 본의 아니게 겪게 되었기 때문에 그 당시의 행동이 지금에 와서 의도와 전혀 다르게 평가될 수 있다는 점을 고려하지 않을 수 없었다. 이 때문에 본래의 글에 실명으로 된 인물 중 이름을 생략한 것도 있다. 따라서 책에 나오는 인명은 고 김형갑 박사가 직접 거명했던 실명이기는 하지만, 이 책을 만들면서 이름이 빠진 것이 있다는 점을 밝혀두고자 한다.

책을 편집하는 과정에서 몇 가지 상념에 빠져 든다. 먼저, 6·25라는 상흔이 되도록 빨리 아물기를 바라는 마음이다. 남북 대치 상황의 지속도 그렇지만, 과거의 아픈 기억 때문에 아직도 우리 사회에서는 과거사나 현재 상황에 대한 인식에 있어서 객관적이기도 어렵고 자유로운 토론도 어려운 면이 없지 않다. 역사의 교훈은 기억해야 하는 것이지만, 그것이 현재를 부자유스럽게 만든다는 것은 불편한 일임에 분명하다. 다음으로는, 친구간의 우정에 대한 생각이다. 내가 유태용 회장이 서울대학교에 거금을 기부할 때 당시 그 자리에서 본 바로는 마치 친구의 명예를 회복시켜 주려는 것이 기금출연의 가장 큰 목적처럼 보였다. 그리고 기금출연 후에도 이 문제가 가장 주된 관심사인 것처럼 보였다. 평생을 모은 큰 재산을 친구인 자신을 위해 내놓았다는 사실을 고 김형갑 박사가 안다면 어떤 마음일까 하는 생각도 해보았다.

원래 이 책은 좀 더 일찍 출판되는 것을 목표로 했었다. 그러나 나 자신의 게으름과 다른 분주한 일 때문에 이제야 세상에 나오게 되었다. 조금이라도 빨리 나오기를 기다리셨던 유태용 회장께 송구한 마음이 든다. 또한 어려운 가운데 이 작은 책자의 출판을 허락해준 역락출판사 이대현 사장을 비롯한 여러분께도 감사의 마음을 전하고 싶다. 부디 이 작은 책자가 이미 고인이 되신 김형갑 박사에 대한 우리의 이해를 높게 만들기 바라고, 아울러 아직 끝나지 않은 6·25를 돌아보는 계기가 되었으면 하는 소망을 가져본다.

2014년 5월 하순
서울대학교 중문학과 교수 이강재

차례

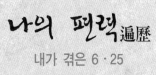

나의 편력遍歷

내가 겪은 6 · 25

「나의 편력(遍歷) – 내가 겪은 6 · 25」는 캐나다 마니토바 대학교 공과대학 전기 공학과 교수였던 김형갑(金炯甲) 박사의 별세(1993.1.27.) 후에 발견된 유고를 부인 송영순(宋玲純)이 정리한 것을 조카 김준철(金俊喆)의 수고로 펴낸 것이다. 이 회고록을 요약한 영문판은 저자가 졸업한 미국 펜실베니아 대학교의 동창회지 "The Pensylvania Gazette"의 1989년 4월호에 실린바 있다.

프롤로그

매년 4월 23일이 되면 어김없이 생각나는 일이 있다. 30여 년 전의 일이지만 하도 엄청난 경험을 했기 때문에, 그날은 나에게는 생일보다도 더 잊을 수 없는 날이 되었다. 그 무렵의 이야기를 저술해 보면 어떻겠느냐는 친지의 권유가 있었으나 별로 응할 기분이 나지 않았는데, 나이 50이 넘으면서부터 솔깃한 마음이 동하기 시작했다. 지명, 인명 그리고 사건의 경위가 점점 흐려지는 데서 오는 초조감이 작용한 탓이리라.

도대체 생후 반세기라는 것을 맞이하면서 육체와 정신적인 면에서 나는 남보다 뚜렷한 변화가 생기는 것을 느낀 것 같다. 공자는 지천명(知天命)하셨다던데……

만월 관계로 사순절이 늦어져 금년 4월 23일은 부활 월요일로 된다. 원산과 이곳의 시차를 감안한다면 어제 이곳의 부활절이 극적인 그날의 32주년이 되는 셈이다.

이러한 뜻도 있고 해서 금년엔 용기를 내어 펜을 드는 바이다.

1984년 4월 23일
Winnipeg, Canada에서

1.

"이 동무, 내가 오랫동안 기회가 오기만을 기다리던 일이 있소. 이 계획을 실행하는 데는 이동무의 힘을 꼭 입어야만 되는 일이오. 여기서 조금 더 가면 모래사장이 있는데, 조그마한 어선이 올려 놓여 있을 것이오. 둘이서 그 배를 타고 탈주합시다. 약 16km쯤 동북쪽으로 보이는 여도가 목적지요. 그 곳에 무사히 닿기만 하면 후의 일은 해결될 것이 아니겠소. 나는 우리가 처해 있는 이 무서운 환경에서 어떠한 일이 있더라도 벗어나야겠소. 이동무도 나와 함께 갑시다."

1952년 4월 23일 새벽 2시쯤, 원산의 남방 3, 4십리에 위치한 통천군 흡곡면 압용리의 해변 일각에서 몇 번이고 망설이다가 드디어 나는 마음속 깊이 간직하고 있었던 이 엄청난 음모를 다섯 살 연하인, 그리고 잘 알지도 못하는 황해도 출신의 인민군 전사, 이길선 군에게 털어놓았던 것이다.

나는 그 당시 22세 청년으로 분대장이었고, 우리는 모두 해안포 중대에 속해 있었다. 원산 앞바다 영흥만을 마음대로 종횡하면서, 간단없이 포격을 가해오는 미 해군 함선에 불의의 일격을 가할 계획으로 해안 고지에 약 25미터 간격으로 3개의 굴을 관통하여 소련제 107밀리 포 3기를 장비하고 호기를 노리고 있는 중대이다.

이 전사는 언젠가 작업 도중의 휴식 시간에 땀을 씻으면서, 지난날의 얘기를 들려주었다. 재령강에서 노를 저으며 고기잡이하던 평화로운 시절을 그리워하는 듯했다. 그때 내 귀는 몹시 날카로워지고, 나는 감청할 때처럼 긴장했었다. 주어진 상황에서 탈출이란 바다로 나가는 방법밖에 없는데 나는 노를 저어 본 일이 없었고 그래서 그때 나는 이 전사와의 동반을 내 마음대로 결정해 버렸던 것이다. 그러나 이 전사의 대답은 나를 절벽으로 몰아대는 것이었다. "분대장 동무, 그게 무슨 소리입니까? 저는 조국과 인민을 위하여 최후의 피 한 방

울까지도 흘릴 결심을 굳게 한지 오래인데, 이게 무슨 말입니까?" 이러한 반응을 전혀 예상하지 않은 것은 아니었지만, 달빛에 창백히 반영된 그의 굳어진 얼굴을 보고 나는 크게 당황하지 않을 수 없었다. 그렇다고 여기서 좌절할 수는 없다. 국가 반역죄의 일보를 내디딘 것이며, 이는 결코 없었던 일로 씻어 버릴 수 있는 일이 아니었기 때문이다. 거의 반사적으로 나는 그의 소련제 AK식 소총을 빼앗아 바닷물 속에 멀리 던져 버렸다. 그리고 나서 내 따발총을 그에게 겨누고 허리에 찬 수류탄을 넘겨받았다. 이러한 상황하에서 설득하여 협력을 구하는 것은 도저히 불가능한 것 같았다. "이동무, 나는 당신에게 내 생명을 좌우하는 비밀을 털어놓은 것이오. 이는 물론 내 마음대로 한 것이므로 미안하기는 하지만 나에게는 당신의 순종을 강요하는 길 밖에 남지 않은 셈이 되었오. 자, 앞장서서 내가 지시하는 방향으로 걸어가 주어야겠오." 그가 달려들면 따발총으로 쏘고, 나는 수류탄으로 자폭할 각오를 한 것이었다. 무장을 해제당한 이동무는 고개를 숙인 채 서 있기만 했다. 침묵이 흘렀다. 이 침묵은 실은 몇 초 안 되는 것이었을 것이나 나에게는 굉장히 긴 것처럼 느껴졌고, 참을 수 없는 것이었다. 따발총구로 그의 등을 밀며 위협하자, 그는 힘없이 걷기 시작했다. 초가집이 20여 채 있었던 조그마한 어촌인데 함포사격을 받아 굴뚝과 기둥만이 엉성하게 서 있는 마을에 들어갔다. 지도를 펴 놓고 보면, 원산과 통천 중간쯤 되는 동해에 뾰족나온 지점이다. 주민들은 강제로 피난시켰는데, 중년의 어부 4, 5명이 틈틈이 조그마한 목선을 띄우고 고기를 잡아 연명하고 있었다. 이는 불법인데도 사정이 하도 딱하여 묵인하되, 가까이에 주둔하고 있는 우리 중대에서 가끔 순찰을 하곤 했다. 내가 책임을 맡고 있는 우측 관측소는 이 마을 옆의 약 50미터 높은 고지에 역시 땅을 파서 만들어진 굴인데, 가까이 접근하는 함선을 원시적인 나침반 같은 것(내가 분도기로 눈금을 그어 축음기 바늘을 이용하여 만들었음)으로 조준하여 각도를 측정해서 포진 옆에 있는 지휘소에 전화로 알려주면, 좌측 관측소에서 잰 각도와 오분지 일의 지도상에 교차점을 만들어 그 위치를 가 포분대에 알려 사격한다는 것으로 되어 있었다. 전날 오후 5시경 중대본부 아래에 있는 식당으로 저녁밥을 타러 가는 도중에, 나는 그 우측 관측소에서 분대원 한 사람과 함께 순찰하는 체 하면서 이 마을에 들렀다. 그 날의 고기잡이를 끝마친 배가 중대에서 지시한 대로 뭍에서 약 10미터 가량 떨어진 모래사장 위에 올려 놓여 있었다. 나는 어부 한 사람을 불러 위엄 있는 어조로 노는 어디에다 숨겨 놓았느냐고 물었다(노는 탈출 방지책으로 눈에 띄지 않는 곳에 감추어 놓도록 시달이 되어 있었음). 그가 손가락으로 가리키는 데를 쳐다보니, 습기에 젖은 부분이 약간 표가 났다. 이렇게 해서 나의 탈출준비가 시작된 것이다. 이 날로 탈출 시기를 정한 이유는 첫째, 초승달이어서 밤에 주기적으로 다니는 해안 순찰대에게 감지될 가능성이 적을 것이라는 추산 때문이었다. 나는 당직 사관을 맡아 새벽 3시까지는 잠을 자지 않고 보초교대 일을 다 관할하는 당번이었다. 그 권한으로 실은 잠들어 있던 이 전사를 깨워서 해안순찰을 해야겠다고 데리고 나온 판이었다. 이 전사를 앞세운 나는 드디어 배가 놓여있는 곳에 도달했다. 낮에 눈여겨보았던 근처 지점을 가리키면서 모래 속을 더듬어 노를 찾아내라고 명령했다. 그런데, 아무리 찾아도 노 같은 것이 손에 잡히지 않는다고 하지 않는가. 급해졌다. 나도 합세하여 그 근방을 쑤시기 시작했다. 여기까지 와서 노를 찾아내지 못한다면 만사가 수포로 돌아간다. 나는 등 뒤에 진땀이 흐르는 것을 느꼈다. 이 전사가 나에게 달려들어 격투를 시도하지 못하도록 적당한 거리를 유지하는 것도 잊어서는 안 된다. 내가 위치를 헛잡았을까, 어부가 낮에 거짓으로 아무데나 대준 것이었을까, 그 주변 일대를 미친 듯이 뒤졌다. 급기야 손에 모래가 아닌 것이 잡힌다. 길다. 광명이란 이런 것일까? 인간 아닌 무엇에 감사하고픈 묘하고 강렬한 것을 느꼈다. 이러한 느낌은 내 인생 처음 경험하는 것이었다. 나는 노를 재빨리 배 속에 던져 넣고 둘이서 배를 밀기 시작했다. 꿈적도 않는다. 배란 우리가 멀리서 보고 짐작하는 것보다는 훨씬 무섭다. 배를 만들 때 쓰는 재목은 모두 굵직한 것이다. 또 하나의 막달음인가? 내 계산 착오는 여기에 와서 절망을 갖다주는 것일까? 그때 궁지에 빠진 내 눈에 통나무 하나가 띄지 않는가. 나는 쏜살같이 달려가서 집어다가 뱃머리 아래에다 끼우고, 또 하나의 통나무를 가져다가는 배꼬리 아래 모래 속에 적당한 각도로 꽂아 넣어 지렛대 작용으로 배를 밀었다. 선두가 앞에 끼어 놓은 토막에 올라가자, 배는 바다 쪽으로 움직이기 시작했다. 또 하나의 통나무를 그 앞에, 그리고 또 하나를 그 뒤에서 앞으로 옮겨놓고……

배가 하얀 기포의 파도에 오르자 뱅뱅 돌기 시작한다. 나는 이 전사를 먼저 올려 태우고, 물이 목에 닿을 때까지 배를 밀어 놓은 후 훌쩍 뛰어 올랐다. 이 전사는 노를 젓기 시작했다. 나는 이제 저 땅에서 내 발을 빼낸 것이다. 하얀 파도가 부딪히는 해안이 점점 멀어진다. 배 바닥에서 물이 새어 들어오기는 했지만, 옆에 놓인 녹슨 양철통으로 수시로 떠내면 된다. 이 전사의 노 젓는 솜씨도 능숙하다. 해안 순찰대에 발견된다 해도 이제는 괜찮다. 소총의 사정에서 우리 배는 벗어나고 있는 것이다. 긴장이 서서히 풀리기 시작했다. 삐걱삐걱 노 젓는 마찰음도 쾌조로 들린다. 아니, 하나의 음악이다. 그러나 환희에 넘치는 내 마음 한 구석에는 애석한 상념이 자리 잡고 있었다. 백철수가 지금 이 순간 내 옆에 앉아있다면 얼마나 더 통쾌한 일일까. 그는 내가 이북에 있는 동안 속을 완전히 털어놓고 이야기 할 수 있는 벗, 문자 그대로의 동지였다. 백철수를 알게 된 경위를 설명하기 위하여 이야기를 1, 2년 더 앞으로 당겨 보기로 한다.

2.

1949년 6월, 나는 중앙고등학교를 졸업하고 서울 대 공대 전기과에 입학했다. 불암산 기슭에서 지낸 한 해는 즐거웠다. 학도호국단의 훈련, 통학의 교통난 등도 있었으나 수강과 숙제에 몰리면서 5호관까지 쫓아다니 며 모두 열심히 공부했다. 1호관 앞 솔밭 속 잔디에 앉 아 몇 명이 모여 도시락을 풀어놓고 점심을 하고 있으 면, 시계탑 위에 설치된 확성기(Megaphone처럼 생긴 것)에서 는 'Souvenir', 'Thais의 명상곡' 등이 흘러나왔던 일도 잊 혀 지지 않는다. 6·25가 일어난 해의 4월, 2학년이 되 어 나는 효제동 큰형 댁에서 통학하고 있었는데, 인민 군을 처음 목격한 것이 6월 28일로 종로 4가에 자리 잡고 있는 탱크를 본 때였다. 어느새 준비했는지 적기를 흔들며 입성을 환영하는 시민의 모습은 지금도 눈에 선하다. 재치 있는 임기응변이랄까.

수일 후에는 한 공대학생이 집에 찾아와서 다음날 꼭 등교해야지 그렇지 않으면 재적될 것이라고 통고했다. 중앙 화학 연구소 뒤에 있는 교실에 모였던 것으로 생각된다. 공대 위원회가 조직되어 지도책임자들이 정해졌던 모양이었다. 그 후에도 여기저기 자리를 바꾸어 수차례 모였다. 집회 장소는 그들의 권한으로 정할 수 있는 모양이었다. 7월 하순경이라 생각된다. 동숭동 낙산 아래에 있는 건축과 학과장댁에 모이라는 통지를 받고 가 봤더니, 주인은 구석방에 밀어 넣고 큰 응접실과 현관을 터놓은 곳에서는 회의가 진행 중이었다. 열띤 웅변을 토하면서 의용군에 나가야 한다는 것이다. 이의 있는 자는 거수하라 했으나 숙연해졌다. 이의 없으니 만장일치라 선언했다.

돈암국민학교를 향해 가는 우리의 대열에는 상당수의 교수들도 끼어 있었다. 1박 후에는 지령이 내려 수송국민학교까지 열을 지어 걸어갔다. 원남동 창경원 담 아래를 지나갈 때 손을 흔들며 나를 향해 달려오는 분이 있었다. 큰형수께서 깨죽, 옷 등을 수건에 싸서 전해주시는데 나는 필요 없다고 받지 않았던 것이 생각난다. 수송국민학교에서 수일 머무는 동안에는 담을 넘어 도망칠 수도 있었으나 결국은 또 같은 신세가 될 텐데 싶었고, 또 별 수를 다 써 봐도 운명은 비슷할 것 같은 수동적인 생각이 지배적이었다. 여러 가지 소문들이 나돌며 2주일간 훈련을 받은 후에 낙동강 전선에 나갈 것이라는 말도 있었다.

하루는 저녁 10시경 출동명령이 내렸다. 주먹밥을 하나씩 먹고 목적지도 모르는 길에 나서게 되었다. 남대문 쪽으로 향했다. 서울역에서 기차에 올랐는데 좀처럼 차는 출발하지 않았다. 북으로 가는지, 남으로 향하는 것인지도 모르고 앉아 있는데, 새벽에야 서대문 쪽으로 움직이기 시작했다. 겨우 수색에 왔을 때에는 날이 밝아져 모두 하차하여 어두워질 때까지 기다려야 했다. 제트기 4대가 날아와 기관포로 우리가 타고 온 기차를 쏘아댔다. 이러한 식으로 해서 개성을 지났고 사리원역에 도착했을 때였다. 식사는 하루에 한 끼 정도여서 무던히 시장했다. 현지 조달이 잘될 리가 없으니 모두 역 홈에 있는 화물차의 문을 열고 들어가 무엇이고 먹을 수 있는 것이면 집어 삼켰다. 나도 곡간차 바닥에 흘러있는 콩깻묵 같은 것을 집어 먹은 일이 지금도 생각난다.

며칠이 걸렸는지 모르나 우리의 기차는 드디어 대동강 역까지 왔다. 한참 기다렸다가 강을 건너 평양에 들어갔다. 시내에 들어서자 B29의 폭격을 당하여 옥수수밭에 피신했다. 그날 역시 아직 한 번도 급식이 되지 않아 모두 B29에는 관심도 없이 옥수수를 따서 씹기 시작했다. 나는 차마 남의 옥수수를 따지 못하고 멍청하게 서 있었더니, 성북동에서 왔다는 다리를 저는 사람이 나에게 옥수수 하나를 내밀어 주었다. 성북동 동서기를 했는데 나를 본 일이 있다고 했다. 그리 멀지 않게 보이는 건물이 내무성이라 했다. 연일 폭격에 평양시는 크게 파괴되었으나 관청 건물이 띄엄띄엄 있고, 가로수가 정연하여 아름다운 도시였을 것이라는 인상을 주었다. 농업고등학교에 들어가 처음으로 따뜻한 국물과 밥을 먹을 수 있었다. 돈부리라고 불렀다. 강당에서 1박하고 새로 교체된 인민군 인솔자가 우리를 데리고 평양시를 빠져나와 동쪽으로 향했다. 몇 십 리를 걸었을까, 강동군에 이르렀는데 어젯밤에 돈부리를 한 그릇한 이후로 뱃속에는 아무런 소식도 가지 않았으니 견딜 수 없었다. 길가 인가에 들러 물을 몇 그릇이고 마신 것이 고작이었다. 재치 있는 사람들은 어느새 이북돈을 환전했는지 노상에서 파는 고구마, 사과 등을 사먹는 것을 보니 시장기는 더욱 참기 힘들었다. 나는 값이 있는 유일한 것, 손목시계를 가지고 빈대떡 파는 노변의 여자상인과 흥정을 했다. 우선 실컷 집어삼키고 30원인가를 호주머니에 귀하게 간직했다. 이렇게 하여 내게도 비상금이 생긴 것이다.

강동에서는 매일 훈련을 받았다. 동리 주민들은 광산에서 일하는 모양인데 빈민들이었다. 공대의 친구들, 그리고 얼굴이 익은 교수 몇 명도 대열에 끼어 있었다. 이때 군가 '태백산맥에는 눈나린다' 등등의 빨치산의 노래도 배웠다. 나이 든 분들은 얼굴이 탄대다가 야위기까지 하여 불쌍해 보였다. 이 곳에 있는 동안에는 주로 옥수수밥인데, 그래도 하루에 세 끼를 떼울 수 있어 다행이었다. 그러나 설사병을 앓는 사람들이 속출했다. 마늘이 좋다하여 동리의 마늘이 고갈돼 버렸다.

그 해의 8·15 경축식은 강동의 어느 광장에서 벌어졌다. 어린학생이 나와서 춤추고 노래하고, 연사들은 이구동성으로 금년 해방의 날은 더욱 뜻이 깊다고 강조했다. 미제국주의자들과 그 주구의 압박 하에서 신음하고 있는 남조선의 노동자와 농민들을 해방시켰으니 더욱 경축해야 한다는 것이다. 떡도 만들어 나누어주었다. 하루는 강동국민학교에 집합시키더니 몇 명은 따로 호명하여 대열 밖으로 나오도록 했다. 체력이 견디지 못하는 자, 소위 출신성분이 불량한 자들이다. 내 친구 육완의도 거기에 끼게 되었다. 후에 들은 일이지만 그들은 그 후에 광부가 되어 중노동에 몹시 시달렸다고 한다. 나머지, 즉 합격한 자들은 또 행군의 길에 올랐다. 묵묵히 끌려갔다. 천내리에 왔을 때는 지칠 대로 지쳐서 휴식시간 때 나는 길바닥에 드러누워 버렸다. 출발호령에 일어났더니 땀에 젖은 셔츠 등에 시멘트 같은 고물가루가 땀에 섞여 진흙처럼 붙어 있었다. 우리의 행렬은 평양시에 다시 오게 되었다. 참외와 수박이 수북이 리어카에 실려있는 것을 목격한 나는 대열에서 벗어나 뛰어가서 참외 하나를 사려고 흥정했는데, 아무래도 너무 비싼 것 같아 우물쭈물 망설였다. 저 누렇게 여문 참외를 껍질도 벗기지 않고 그냥 씹어 먹으면 시장기와 갈증이 즉시 해소될 것 같았다. 이때 옆에서 한 여학생이 오이와 수박을 고르고 있다가 그의 어머니의 귀에 무엇인가 소근거렸다. 그러더니 나보고 큰 것으로 하나 골라 가면 값은 자기네가 치르겠다고 친절히 제안했다. 나는 고맙다는 인사도 하는둥 마는둥 제일 큰 참외를 하나 덥석 집어 들고 대열을 향해 뛰어갔다.

평양시를 벗어나 우리는 강서로 가는 길을 걷고 있을 때 갑자기 쌕쌕이(아마도 F-86 전투기인 듯) 소리가 났다. 우리는 모두 길에서 튀어나와 연변(沿邊)의 옥수수 밭에 뛰어 들어갔다. 나는 고이고이 간직해 온 참외를 먹을 호기가 온 것을 혼자 감사하며 한번 베어 먹었다. 그런데 바로 내 옆에 있던 두 사람이 나를 주시하고 있지 않는가? 결국 3분의 1밖에 안 되는 내 몫을 게 눈 감추듯 먹어치웠다.

평양에서 강서로 가는 신작로는 포장은 되어있지 않았지만 비교적 넓은 길이었다. 우리를 인솔해 가는 장교들 중 가장 높은 사람은 소련제 3륜차를 타고 대열을 앞뒤로 지르고 다녔다. 그 오토바이는 옆에 또 한 사람이 탈 수 있는 좌석을 달고 다녔는데, 지칠대로 지친 다리를 달래며 걸어가던 나의 시선은 염치 좋게도 그 빈자리에 던져지기만 한다. 강서에서는 국민학교 교실에 배치되었다. 수십미터 떨어진 곳에는 변전소가 있었는데 그날 폭격을 맞았다. 밤에 촛불 밑에서 우리는 지시대로 각자 집에서 입고 온 모든 옷을 벗고 소지품도 같이 앞에 놓았다. 새로운 의복을 배급해 준다는 것이었다. 내 앞에 세일러복이 한 벌 그리고 꼬리가 달린 둥근 모자가 놓여졌다. 지까다비˚도 한 벌 배급되고, 무엇보다도 귀중하게 잘 간직해야 한다는 군인증도 받았다. 우리는 그날 모두 인민군 해군이 된 것이었다. 꿈에도 생각지 못한 운명의 한 장이 이렇게 하여 시작되었다. 곤충이 허물을 벗는 것처럼 우리는 지금까지 우리 몸을 감싸주었던 것을 모두 벗어 던졌다. 그 중에는 그때까지 지녀온 내 학생증도 있었다. 내 발을 잘 보호해 주던 미군군화˚˚도 있었다. 그러나 시계를 팔아 빈대떡을 사먹고 남은 돈 30원은 물론 고스란히 빼 내 군인증 속에 끼워 넣었다. 세일러복은 입었으나, 우리는 폭격으로 파괴된 도로나 교량을 고치는 등 노역에 봉사하고 있었다. 그래도 정식군복을 입은 다음부터는 급식이 잘 되었다. 배급되는 담배는 주위사람들에게 고스란히 나누어 주었다.

˚ 농구화 비슷한 일본식 간이 군화.
˚˚ 나는 대학생이 되어서도 동대문 시장에 가서 군화를 사 신기를 좋아했다.

백철수와 정식으로 인사를 나눈 것은 이 무렵의 일이라고 생각된다. 하루는 밤에(모든 행군은 밤에 행해진다) 출동명령이 내려져 목적지도 모르고 따라나섰다. 강서군의 논길을 타고 결국은 서평양 역전에 이르렀다. 그런데 연락이 잘 안 되었는지, 혹은 기차가 예정대로 배차가 안 되었는지 헛걸음을 하고 강서로 다시 돌아갔다. 수일 후에는 다시 서평양 역까지 와서 기차를 탔다. 순천을 거쳐 양양까지 왔는데 철로가 끊어졌다고 하여 다시 걷기 시작했다. 원산을 향하는 모양이었다.

고원 가까이 왔을 때, 같은 대열에 있는 김양태(나보다 연장으로 털보였음)가 기진맥진해버렸다. 이질에 걸린 것이다. 자기 경험에 의하면 소주를 한 잔 사먹으면 틀림없이 낫는다고 사정하는 통에 나는 간직하고 있던 돈 거의 전부를 그에게 주어야만 했다. 여기저기 민가를 찾아다니던 그는 소주 한 잔을 구해 와 마셨다. 그가 나았을 무렵에는 이질이 나에게 건너 왔는데 소주 사먹을 돈도 없어 밤에 산길로 행군하면서 대열에서 빠져나와 여기저기 용변하고, 탈수현상으로 고생한 것이 생각난다.

원산에 도착하는 것은 9월 중순경이었다. 배를 타고

어느 섬에 가서 통신병 훈련을 받는다고 항구에까지 갔었는데, 계획이 변경되었는지(짐작컨대, 미군과 한국 해병대가 원산 주변의 도시를 점유하기 시작했을 가능성이 크다) 다시 돌아와서, 시외곽의 산 밑에 있는 문묘(文廟)에 자리 잡고, 낮에는 학교운동장에 가서 훈련을 받았다. 밤에는 오락회라는 것을 빠짐없이 행하는데 지명을 받고 나와 노래나 춤을 추는 것이 예사이고, 노래는 2차대전시 소련의 군가나 혁명적인 찬가 등이었다. 이때 배운 노래의 구절이 아직도 생각난다. '카츄샤의 노래', '탱크병의 노래', '모스크바 군가(아름답다 너 모스크바야 푸른 가로수 나무 밑, 정거장 플랫폼에 서면 우리를 반겨 맞이하네, 노래를 부르면 백화만발한 넓은 거리로, 노래를 부르니 우리에게 웃음을 던지네. 모스크바, 모스크바, 온 세계 너를 찬양하노라)', '스탈린의 노래(이 땅의 끝에서 끝까지 산굽이를 돌아, 자유로운 수리새 날아다니는 곳, 영명하고 친애한 우리의 스탈린에게, 인민은 아름다운 노래를 보내네)' 등이 있었으며, 이북의 노래로는 '국가(아침은 빛나라 이 강산……)', '인민군의 노래(우리는 아름다운 조선의 인민군……)', '인민군용사(……정돈이 되었는가 묻는 직일관(直日官)*, 가슴펴고 대답하는 인민군 용사, 오늘의

---

* (편집자 주) 부대 내의 일직 근무를 총괄하고 지휘하던 일직 사령의 북한어.

정돈은 원만합니다. 보시오, 매트리스는 일렬횡대로……)', '김일성의 노래(장백산 줄기줄기 피어린 자욱, 압록강 굽이굽이 피어린 자욱, 오늘도……)', '빨치산의 노래(태백산맥에 눈나린다, 총 매어라 출격이다)' 등이다.

오락회가 끝나면 소위 정치상학* 시간이 된다. 모두 종이와 연필을 준비하면 한 사람이 나와 레닌선집, 스탈린선집 등 볼셰비키 역사를 읽어주며 그것들을 받아쓰게 했다. 또 조선민주주의인민공화국의 지령, 중앙당 위원회의 교시 등도 한 자도 빼지 않고 받아써야 했다. 왜냐하면 그 다음 정치상학 시간에는, 지명 받게 될 때 받아쓴 것을 그대로 줄줄 외어 내야지 그렇지 못하면 여러 동무들로부터 비판을 받을뿐더러, 자아비판을 통하여 왜 남이 다하는 일을 못했는가에 대한 증언을 하고, 이러한 무성의는 조국과 인민의 기대에 배반하는 것이니 앞으로는 이러한 불찰을 다시 반복하지 않을 것이라는 결심을 표명해야 한다. 그런데 이때 좀 남다른 점이 있었다면 나는 오락시간은 그저 이럭저럭 무사히 넘길 수 있었으나 이 정치상학 시간은 몹시 고통스러웠다.

---

* 그 당시에 이북에서 '정치상학'이라는 용어를 썼음.

이 무렵에는 김일성을 그저 영용한 장군, 또는 위대한 지도자라고 부르는 데 그쳤지 인민의 태양 또는 종교적인 메시아(구세주)로 부각시키지는 않았다. 그리고 정치, 문화, 경제면에서 모두 일률적으로 소련을 이상적인 모범으로 삼았다. 이러한 데서의 탈피를 꾀하는 노력의 일환이었을 것이다.

원산의 이 문묘당에서 언덕을 하나 넘어가면 덕원이란 한 마을이 있다. 여기서 양철 지붕을 갖춘 집에 아주 단정한 중년의 과부가 살고 있었는데 두 아들이 다 군에 나갔다던가 해서 방이 두 칸 비어 있었다. 새로 편성된 전신분대는 이 방에 기거하게 교섭된 모양이었다. 분대장은 전쟁 이전에는 속초 양양에서 전신병으로 있었다는데, 창백한 얼굴에 약하게 보이는 56세 나이의 李 상사요, 분대원은 12명 쯤 되는데, 모두 서울에서 고등학교를 다니다 온 학생이었기에 내가 여러 가지 상담역도 해주었다. 집을 떠나 이렇게 먼 타향에 오게 될 줄은 꿈에도 생각지 못했다면서 숙연해지기도 했다. 그 애들 중에서도 돈암동의 한 문방구점의 아들이었다는, 얼굴이 곱게 생긴 서울고등학교생(이름을 잊었음)은, 부모 생각이 난다면서 눈물을 흘리기도 했다. 배급된 매트리

스에다 짚을 꼭꼭 집어넣어 잠자리를 만들고 백포를 한 장씩 덮고 잤는데, 밤이 깊어지면 덕원의 10월은 제법 차가웠다. 낮에는 모르스(morse)신호를 이용하는 통신에 관한 기술을 배웠다. 분대장은 순하고 마음이 선한 사람이었다. 속초에 있을 때는 생선은 얼마든지 먹을 수 있었고, 담배 배급이 필요 이상으로 나왔으며, 술을 가끔씩 마셔도 돈이 남아 고향의 부모님에게 보내주었다는 그는 그때의 평화스러운 생활을 그리워하는 듯 했다.

하루는 취침 후 나와 몇몇을 조용히 깨워서 이웃에 있는 복숭아밭에 습격을 가자고 장난꾸러기 같은 웃음을 지었다. 철사줄 울타리에 몸이 들어갈 만한 구멍을 만들어, 들고 간 보자기에 붉게 익은 복숭아를 가득 담아와 실컷 나누어 먹었다. 식사는 동희 사무소의 구석에 간이 취사실을 만들어 하루에 세 끼씩을 빼놓지 않고 해 먹었다. 하루는 산돼지 한 마리가 배급되었다. 모두 어떻게 해야 할 줄을 모르고 주춤하고 있는데, 동네 사는 한 사람이 부엌칼을 가지고 와서 목에 일격을 가하니 돼지는 선혈을 뿜고 신음하면서 나자빠졌다. 사람들이 그릇을 들고 나와서 그 피를 받아, 약이 된다고 꿀꺽꿀꺽 마시던 광경이 잊혀지지 않는다. 이 집의 마당에는 몇 그루의 아름다운 잣나무가 있었다. 철도 넘어 멀리 있는 언덕 중턱에 있는 제법 큰 건물이 이 잣나무 사이로 보였다. 주인아주머니의 이야기에 의하면 독일계의 가톨릭 수도원이라 하며, 일본인에 의해 추방 당하기 전에는 신부들이 지하실에서 포도주를 만들었다고 했다. 폭격기와 전투기들은 매일 상공을 날았으나 직접 표적이 된 일은 없었다. 덕원에서의 한 달은 비교적 평화로웠다. 그러나 이러한 생활이 계속 될 수는 없는 것이다.

3.

10월 12일 밤에 갑자기 행군명령[*]이 내려졌다. 출동준비를 마친 우리분대는 문묘자리에 모인 부대에 합류하여 또다시 밤길에 올랐다. 마식령(馬食嶺)을 넘어, 동녘이 밝아질 무렵에는 마전리(馬輾里)에 닿았다. 인민군이 후퇴하기 시작하면서 후방에서 정신교육을 받고 있던 우리부대도 짐을 싸고 북으로 향하는 것이었다. 이렇게 디딘 발길이 양덕, 맹산, 영원, 묘향산, 희천, 강계(江界)를 거쳐 삼수갑산(三水甲山)이 있는 개마고원을 넘어, 혜산, 무산으로 해서 우리나라의 가장 북단인 남양

---

[*] 9월 15일 맥아더 지휘하에 유엔군 인천상륙.
   10월 1일에는 다시 38선까지 진격.

(南陽)*까지 올라가, 두만강 건너에 있는 만주땅 도문을 바라보기에 이르렀을 뿐만 아니라, 훈융(訓戎)이라는 곳에서는 다리를 건너 만주땅 길림성의 동북부에 있는 훈춘에까지 들어갔으니, 이를 어찌 짐작할 수 있었으랴. 한 달간에 걸친 이 강행군 중에 나는 수많은 잊을 수 없는 일을 겪었다. 여기에 몇 가지만을 기술해보기로 한다.

행군 중의 음식은 현지조달이었다. 저녁 내 행군하고 날이 밝아지면 아무데나 가까운 동리에 들어가서 민가를 찾아가 배낭을 풀고 발싸개**를 벗고 드러누워 잠이 들어버린다. 담당인솔자는 리(里)인민위원회에 가서 먹을 수 있는 것이면 아무것이나 얻어다(물론 차용증을 쓰고서) 집주인에게 부탁하여 끼니를 때우게 한다. 우리 앞에도 후퇴한 부대가 많았는지 대개의 인민위원회 창고에는 마른 옥수수나 감자밖에 없으므로 그것으로 주식을 삼는 일이 허다했다. 어떤 때는 마른 명태만을 씹고 끝없는 걸음을 걷기 시작해야 했다. 이런 생활을 연속하자

---

* 가장 북단에 있는데 南이란 글자를 가진 지명이 아이러니함.
** 목면포인데 그것으로 발을 싼 후에 신발을 신으면 장거리 행군을 할 때 땀을 흡수하고 물집이 잡히는 것도 방지한다.

니 어떤 사람들은 설사를 앓고 얼굴도 샛노래져서 몇 번 참고 나서다가 결국은 낙후되고 만다. 나는 이 고경(苦境)을 이겨나가는 나 자신을 발견하고 내심 놀라지 않을 수 없었다. 옥수수를 부셔 물에 넣어 끓인 것을 먹을 때도, 내 위에는 거의 틀림없이 소화를 하기 시작했다. 어떤 때는 운이 좋아 기숙한 집 안주인이 김치나 된장국을 끓여주면 그야말로 향연이었다. 다음 끼니는 굶어도 될 것 같은 자신도 생겼다. 매일 60~80리의 행군대열을 나도 곧잘 따라갈 수 있었다. 그런데 한 500리쯤 걸었을 때였을까. 발바닥에 넓게 잡힌 물집이 터졌다. 껍질을 벗기니 직경 2센티 가량의 빨간 새 피부가 생겼다. 헝겊으로 수분을 닦고 입김으로 건조시킨 후, 조심스럽게 발싸개로 싼 다음 신발에 넣고, 그 위에 체중이 걸리지 않도록 발구석으로 디디며 다음날의 행군에 나갔다. 그런데 산을 넘자니 돌멩이에 채이거나 뾰족한 것을 밟을 때마다 느끼는 통증이란 경험한 사람만이 알 수 있을 것이다. 이렇게 2, 3일을 계속 걷자니 빨간 새 피부 안으로도 물집이 잡히기 시작했다. 결국 그놈이 터질 때는 피와 섞여 발싸개를 빨갛게 물들였다. 이때의 생활을 나는 발싸개와 분리시켜서 생각할 수 없다. 하루는 산 속 민가에 들어가 잠이 들었는데 기총소사 소리에 놀라 벌떡 일어났다. 옆집에 명중하여 수명의 사상자가 났다. 군인이 유숙하고 있는 것을 전투기* 조종사가 어떻게 알았을까 하고 궁리한 결과, 신발과 발싸개를 문턱밖에 벗어 놓았기 때문에 그것이 표식이 된 것이라 하여 그 후부터는 신발과 땀과 피로 얼룩진 발싸개를 방 안에 넣고서 몸이 붙을 정도로 사진(sardine**)처럼 꼭 끼어 누워 자야 했으니, 고린내, 땀내가 방에 충만했을 것은 짐작하고도 남는다.

이런 상황에서도 추색이 완연한 자연은 몹시 곱게 보였다. 북으로 향해 올라가는지라 단풍잎들의 색은 빨리 짙어졌다. 때는 10월 말경이었으리라. 휴식시간이어서 길 옆의 맑은 협류에 발과 안경을 씻고, 둥그런 바위위에 올라서 경치 수려한 주변의 절경에 피로도 잊고 앉아 있었다. 집합구령을 듣고 바위에서 내려오는 찰나, 벗어놓은 안경이 물 속에 떨어져 버렸다. 불편은 이루 말할 수가 없었다. 특히 야간 행군 시에는 사물이 잘 보이지 않았다. 별빛 아래 길이 나지 않은 숲 속을 지

---

* 프로펠라 함재기(艦載機)였으리라 짐작된다.
** Sardine : 새끼 정어리 통조림으로 빽빽이 찬 것을 표현할 때 흔히 쓰는 말.

나가자면 나무뿌리나 조그마한 바윗돌에 치어 넘어지기 일쑤였다. 그 뿐이랴. 나뭇가지나 넝쿨들이 잘 보이지 않아 얼굴에 부딪히고 눈을 찌르기도 하여, 신경이 날카로워져 심신의 피로는 가중되었다. 청산령(青山嶺)을 넘기 전날에는 처음으로 후퇴로 상에 있는 우리에게도 쌀배급이 나왔다. 이 무렵의 민가에서도 매일 치러야 하는, 군인 동무를 받아들일 때의 주인의 얼굴들도 노골적으로 불쾌한 것은 아니었으나, 모두 무표정하고 수동적이었다. 그러나 우리가 쌀보따리를 지니고 들어갈 때는 문제가 달랐다. 그 사람들에게도 쌀밥을 먹을 수 있는 기회가 생기는 것이었다. 그날 저녁상에는 산나물로 담은 김치까지 올라와 잘 먹었다. 나머지 쌀은 모두 나누어 메고 가는 것이었다. 이럴 때마다 내 체격이 크다 하여 나에게 배급되는 양도 컸다. 나는 쌀이 가득 찬 큰 포대에다 새끼로 멜빵을 만들어, 옆에 있는 사람의 부축을 받고 일어나 청산령을 향했다. 중턱에나 이르렀을 때일까. 내 몸은 땀으로 완전히 처졌다. 갈증을 참지 못하여 휴식시간에 물을 구했으나 찾지 못했다. 기온은 영하로 내려가 땀이 식어 몸이 떨리기 시작했다. 사실은 편도선이 부어, 몸에 열이 나곤 하던 때였다. 출발명령에 나는 쌀자루를 배낭처럼 메고 힘껏 일어났다. 산비탈 경사에서 나는 내 몸의 균형을 잃고 쌀자루를 등에 깔고 드러누운 채 허덕이자, 나를 보고 쫓아온 동지의 힘을 입어 겨우 일어나긴 했으나, 급경사진 산길을 한두 발짝씩 오르다 다시 넘어지고 말았다. 또 부축을 받았지만 내 다리는 더 이상 쌀의 무게를 지탱할 수 있는 힘을 잃어버린 것이다. 드러누운 채로 숨 가쁘게 허덕이는 나의 눈에는 부옇게 떠오른 달빛만이 보였다. 급기야 인솔사관이 달려왔다. 벌떡 일어나지 못하겠느냐며 노성을 퍼붓는 그의 명령에 나는 응하지를 않았다. 아니 응할 수가 없었다. 급기야 그는 권총을 빼 들고 내 미간에 겨누었다. 그래도 나는 꼼짝 않고 나자빠진 채였다.

바로 그때 내 뇌리를 스쳐가는 것이 있었으니 그것은 톨스토이의 전쟁과 평화의 한 장면이었다. 그런데 나의 경우는 포로가 아닌 같은 부대원이 아닌가. 이런 상황에서 나는 살아야겠다는 아주 기본적인 욕구조차 희미해지는 것을 느꼈다. 땀은 쉴 새 없이 흐르고, 목은 탈대로 타서 숨 쉬는 것조차도 고통스러웠다. 이때 누가 레몬주스 한 잔을 주며 그 속에 독약이 들어있다 해도 아마 나는 꿀꺽꿀꺽 마셔버렸을 것이다. 이는 결코 과장이 아니다. 사람이란 밥을 굶고도 상당한 동안 연명할 수 있지만 물 없이는 견디지 못하는 것이다. 갈증이 참으로 견딜 수 없다는 것은 후에 어느 포병의 이야기를 할 때 다시 나온다.

아무리 위협해도 안 되겠다고 느꼈는지 그는 권총을 다시 짐 속에 놓고 내 쌀을 주위의 몇 사람을 시켜 나누어 메게 해 주었다. 이 무렵 전방에서 부상당하여 후송되어 온 육군이 합류하여 같이 후퇴 길에 올라섰다. 전쟁 시 가장 처참한 광경은 부상당한 패잔병이다. 팔이 잘려 나갔는데도 아무런 치료를 받지 못하고, 기껏 약이래야 동행하는 위생원의 머큐롬 정도였다. 아이고, 아이고 신음소리에 수행위생원이 뛰어가 간호를 한다지만, 아무런 보급도 받지 못하는 그의 비상대에는 쓰다 남은 머큐롬, 붕대, 반창고 정도가 들어있을 뿐이었다. 발을 하나 잃은 병사는 의족으로 쩔뚝쩔뚝 걸어갔다. 눈을 다친 자는 붕대를 눈 위에 감았는데, 온통 피인지 고름인지로 물들어 있었다. 소독이 되지 않은 상처는 자꾸 곪기 마련이라 발가락이 썩어서 떨어져 나갔다. 워낙 궁해서인지 꼭 필요한 이 불쌍한 사람들에게까지도 트럭이 배급되지 않았다. 안간힘을 다하여 모든 고통을 극복하며, 북을 향해 한발한발 옮겨야 했다. 천둥소리처럼 쿵쿵하는 포성이 이제 남쪽에서 들리기 시작하니, 전선이 우리 가까이까지 올라온 것을 의미했다. 패잔병은 안간힘을 다하여 북쪽으로 걸어야 한다. 새까맣게 탄 그의 얼굴은 땀과 먼지로 덮여져 아무런 표정도 없다.

썩은 손가락을 떼어내고 묵묵히 걸어가는 전사도 목격했다. 기진하여 넘어져 죽어가는 사람을 보고도, 별수가 없다는 듯이 그냥 지나갔다. 그들의 몸에서는 심한 악취가 풍겼다. 이때의 장면을 생각하면 지금도 소름이 끼친다.

며칠 후였을까. 묘향산에 이르러 우리분대는 한 초가집에서 일박하게 되었다. 아들들은 다 군대 나가고 모녀끼리 살고 있는 이 집은, 산에서 흘러오는 맑은 물이 졸졸 흐르는 개울 옆에 있었다. 찰수수밥을 해주어 달게 먹었다. 수수밥이 그렇게 맛있는지, 지금도 가끔 한번 먹어 보고 싶은 충동이 느껴지는 때도 있다. 그 집 소녀는 참 귀엽게 보였다. 말 한마디 하지 않고 그저 묵묵히 어머니를 돕고 있었다. 다음날에는 아침을 간단히 하고 나오는 우리에게 점심까지 싸 주었다. 묘향산 중턱 길에서 시원한 바람에 땀을 씻으며 열어보니 찰수수로 만든 떡이었다. 색깔이 팥떡 같은데 별 맛은 없었다. 찰수수로 만든 것은 밥이건 떡이건 간에 따뜻할 때 먹어야 하는 모양이다. 일행은 드디어 강계에 이르러 딴 곳에서와는 달리 2, 3일간을 머물렀다. 평화 시 같으면 옛말에도 자주 나오는 미인이나 물색했겠는데, 그 대신 B29가 편대를 지어 와서 다리를 부수려고 폭탄을 투하하는 것을 멀리 바라본 인상만이 남아있다. 중요한 보급로인 탓인 듯, 그 다리를 맹폭하는데도 고도를 유지했기 때문인지 좀 옆에 수없이 폭연이 솟아오르기만 할 뿐 좀처럼 적중하지 않았다.

자성군과 강계군이 있는 이 지방은 산이 많고 농작물은 많이 나지 않아 생활이 빈곤했다. 이러한 점을 감안해서인지 따로 행정구로 삼아 자강도라 일컬었다. 산동네에 들렀을 때였다. 우리에게 돼지머리 하나가 배급되었다. 주인보고 삶아달라고 부탁했더니 선뜻 받아들이지 않았다. 이러한 귀한 부식을 갖고 와서 부탁할 때는 자기네 가족도 같이 고기맛을 보는 기회이기 때문에 선뜻 응하는 것이 통례인데 이상하다 생각했더니, 자기 집에 소금이 떨어졌다는 것이었다. 수십 리 내려가면 면에서 장이 서는데, 앞으로 며칠 기다려야 한다는 것이었다. 돼지머리는 밥상에 올랐으나 소금이 없어 먹는데 힘이 들었다. 이렇게 사는 화전민의 빈곤상을 이 곳에서 여실히 볼 수 있었다.

여기서 서북방으로 향하면 만포진(滿浦鎭)이 있는 만주 땅에 들어갈 수 있었을 터인데, 아마 유엔군이 압록강을 건너 중국까지 쳐들어간다는 소문도 있어서였는지 우리는 서북방으로 길을 잡아 그 악명 높은, 춥고 구석진 유배지라는 삼수갑산을 향하고 있었다. 눈은 내리기 시작하고 밤에는 아주 추웠다. 세일러복을 입고는 견디기 힘들게 되었다. 해군이 배를 타야 제 구실을 할 텐데, 산만 넘고 있으니 어처구니가 없는 노릇이었다.

이 무렵에 남하하는 이른바 인민해방군을 목격했다. 중국인 팽덕회(彭德懷) 사령관의 지휘로 대대적으로 동원이 시작된 것이다. UN군이 사령부에서 예기치 못했거나, 가능성이 적다고 보았던 일들이 실제로 이루어지고 있었던 것이다. 그들의 군대규율에 우리는 실로 경탄하지 않을 수 없었다. 민폐를 절대로 끼쳐서는 안 된다는 상부의 지령이라 해서, 밤에는 논이나 들에 천막을 치거나 또는 휴대용 삽으로 한사람이 들어갈 만한 구멍을 판 후 담요를 덮고 잘망정, 우리처럼 민가에 들지 않았다. 밥도 조그마한 목욕조 만한 솥을 몇 명이서 들고 다니며, 자기네들이 손수 해먹는 것을 보았다. 이렇게 규율을 철저히 지키는 군대를 나는 본 일이 없다. 체구도 크지 않고 무장도 현대식으로 되어있는 것 같지 않은 그들이 UN군에 당해낼 수 있을 것 같지 않았다.

어떤 조그마한 면사무소 앞마당에서 우리도 중공군이 입고 있는 것과 같은 솜이 두껍게 들어있는 누비옷(겨울군복)을 얻어 입었다. 이로써 가장 기본적인 월동준비가 된 셈이었다. 개마고원에 올라섰을 때는 살을 베어내는 것 같은 한랭한 북풍이 불더니 눈보라가 치기 시작했다. 해발고도도 상당하겠지…… 매일 억센 바람이 쉬지 않고 불어댔다. 방한복은 입었다지만 숨결도 얼고 눈도 얼고 별빛도 얼어붙은 차가운 밤에 골짜기에서 잠깐 휴식을 취했다. 나는 이렇게 춥고 고약한 나날을 일찍이 경험해 본 일이 없었다. 그래도 행군 중에는 몸에서 적당히 열이 발생되어 괜찮았지만, 귀와 눈이 얼기 시작했다. 눈이 얼어 안구가 좀 팽창하는 것 같이 느껴지며 시력이 둔해져 모든 것이 흐릿하게 보였다. 발가락과

귀는 심장에서 가장 먼 위치에 있어서 피의 유통이 느려서인지 제일 먼저 영향을 받았다. 며칠 전만해도 땀을 흡수하던 발싸개는 이제 보온의 역할을 맡아 동상을 방지해 준다. 발싸개란 참으로 고마운 것, 나는 아직도 직사각형의 헝겊조각만 보면 발싸개 생각이 난다. 귀가 얼었을 때는 거의 무감각인데, 집안에 들어가 녹기 시작하면 아프기 시작했다. 그리고는 간질간질해지면서 색깔이 둔한 흙색으로 변한다.

하루는 담도 없는 민가에서 쉬게 되었다. 방 하나에 가족 전원이 모여 자는데, 하도 추워서 소도 견디지 못하므로 외양간이라는 것이 따로 없이 크게 지은 부엌 안에서 길렀다. 작두로 짚을 잘라 콩을 섞어 쑤어 만드는 쇠죽과 쇠똥냄새도 그리 싫지 않았다. 우리는 잡곡밥(주로 감자)을 먹고, 대여섯 명이 넓은 이불 속에 들어갔다. 이불 속이 체온으로 적당히 따뜻해지면 바로 곤히 잠이 드는 것이다. 이불은 몇 년째 세탁을 하지 않았는지 흰 이불깃이 회색이 되었고, 바로 내 가슴 위 부분은 구멍이 뚫어져 있어 솜이 손에 잡혔다. 이때 섬광처럼 스쳐가는 묘안이 떠올랐다. 나는 그 뚫려진 구멍을 통해 주먹만한 솜뭉치 두 개를 뜯어내어 내의 속에 슬쩍 감추고, 스스로 미소를 띠며 잠이 들었다. 다음날도 몹시 추웠으나 귀가 시린 줄 몰랐다. 붕대 같은 천으로 양쪽 귀를 동여매고, 귀 위에 어젯밤에 훔친 솜을 올려 놓았으니 훌륭한 귀싸개가 된 것이다. 한 달여에 걸친 도보 강행군의 이야기는 훈융교(訓戎橋)* 를 넘을 때에 목격한 진경(珍景)으로써 끝맺고자 한다.

꽝꽝 얼어버린 두만강도 이 근처에서는 폭이 꽤 넓어지고, 그 위로 놓은 이 다리는 콘크리트로 되어 있는데, 선만(鮮滿)을 연계하는 요로이다. 달빛도 없는 어두운 밤에 차가운 북풍만이 이국에 발을 디디려는 우리를 맞이하는 듯…… 다리 중간쯤에 이르렀을 때 엉엉하고 우는 소리에 섞여, "일어섯! 왜 이러나!"하는 질책소리가 밤하늘에 울렸다. 그 옆을 지나면서 어렴풋이 보이는 광경은 진기했다. 한 젊은 군인이 다리난간을 두 손으로 안아 쥐고 슬피 울어대고 있었다. 좀 스산했다. 후에 들은 이야기인데, 젊은 인민군 장교 한 사람이 대열을 빠져나와 더 이상 후퇴하지 못하겠다고 항거했다는 것이다. 남의 나라까지 도망칠 수 없다고 다리 넘는 것을

* (편집자 주) 북한의 훈융에서 중국 길림성의 훈춘을 연결하는 두만강 국제 다리.

거부한 것이었다고 했다.

꽝꽝 얼은 두만강을 건너 30리 쯤 밤길을 걸어 훈춘 교외에 이르렀다. 벌판에 모닥불을 피워, 얼은 손발을 녹이며 날이 새기를 기다렸다. 먼동이 트자 시에 들어가, 나는 일행 중의 3명과 함께 조그마한 중국인 집에 배치되었다. 한 달여에 걸쳐 야간에만 해오던 강행군을 일단 마치게 되었으니, 만주건 어디건 할 것 없이 우선 긴장이 풀렸다. 중국인 내외는 우리를 정중히 맞아주었다. 따뜻한 아랫목에 쓰러져 버린 우리는, 정오 무렵에나 잠에서 깨었을까. 밥상 위에 놓인 김이 무럭무럭 오르는 쌀밥을 보고 우리는 몇 달만의 성찬에 어쩔 줄을 모르고 포식했다. 기름에 감자를 튀겨 만든 반찬도 상에 올랐다. 훈춘이란 도시는 생소한 이름이 아니라 일제 때 많은 애국지사들이 이곳으로 피해 와서, 3,000여 명이나 되는 조선 사람들이 살고 있었으니, 그 중 500명은 독립군이나 혁명단에 관련되었다고 한다. 사이또 미노루(齊騰實)총독 때 오오바(大庭)라는 조선군 사령관이 부임해 오자, 이들 독립군을 몹시 못마땅하게 여겨 토벌하려 했으나, 중국땅인지라 쳐들어 올 수 없었다. 이에 간계를 세워 중국인 장강호(長江好)라는 마적단장을 매수하여 독립군이 훈춘 주재 일본영사관을 습격하는 것처럼 꾸며놓고, 이것을 빌미로 나남(羅南)에 본부를 둔 19사단을 동원, 함경북도 경찰과 합세하여 쳐들어가서, 독립운동가 100여명을 색출해 냈다는 도시이다. 1920년 10월의 일이라 했다.

훈춘 안에서의 약 한 달에 걸친 대기생활은 비교적 편했다. 우리를 대하는 교포나 중국인들은 항상 무표정했지만, 그래도 친절하게 대해 주었다. 취사는 현청의 막사같이 임시로 지은 데서 하는데, 그 곳에서 우연히 백철수를 또 만나게 되었다. 둘이 다 같은 날에 취사당번이 된 것이었다. 밥이고 국이고 간에 목욕조 같은 데에 만들었다. 국을 만들 때는 야채를 씻고 감자껍질을 벗기고 된장을 삽으로 떠서 던져넣고, 고기가 배급되면 그것도 썰어 넣고, 간은 소금을 부어서 맞춘 뒤 이렇게 만들어진 밥과 국을 양동이에 담아서 각 소대별로 인원수에 비례하여 배당해 놓고, 10여명이 되는 취사당번도 식사를 마음껏 하게 된다. 그간 부족했던 몫을 채우려는 듯 또는 앞으로 겪을 시장기를 지금 충족시켜 놓으려는 듯, 모두 포식을 했다. 지난번 당번 때 그랬다가 설사를 한 경험에도 불구하고 우선 먹고 보는 것이 예사였다. 그날 백철수와 나도 실컷 먹었다.

배가 부르니 주위의 경치에도 눈이 갔다. 대체로 평탄한 땅이지만 띄엄띄엄 산이 산재해 있었다. 모나지 않고 또 높지도 않은 것으로 봐서 늙은 산들인 것 같고, 산 중턱에 밭도 갈아 놓았다. 둘이서 농가를 찾아가 농사꾼으로 일 해볼까 하는 생각도 해 보았다. 그 얼마나 무모한 공상이었을까. 동네에 낯선 사람이 오면 즉시 보고하도록 되어 있었다는 것을 그 후에 알게 되었다. 더구나 말도 통하지 않는 객지에서, 두 청년이 이탈하여 도대체 몇 시간이나 자유롭게 지내자는 것이었을까. 낮에는 국민학교 운동장에서 군사훈련을 받았다. 여기 있을 동안에는 목욕탕에서 목욕을 할 수 있었다. 해방 전에 일본인이 경영했다는 이 목욕탕은 목조건물 2층에 있어서 좀 신기하게 느껴졌다. 기숙하고 있는 중국인 집 주인의 호의로, 아침에 더운물을 대야에 넣고 세수할 수 있었다. 소금으로 이도 닦았다. 이 집 앞에는 기숙사 같은 것도 있는데, 중국인 청년 한 사람이 나와 칫솔에다 치약을 묻혀 이를 닦는 것이 눈에 띄었다. 이러한 사치를 하는 사람을 근래에 본 일이 없다. 은행원이라 했다.

12월 20일경, 이국의 도시 훈춘을 뒤로 하고, 남향, 두만강을 건너 다시 훈융에 와서 기차를 탔다. 저녁 내내 달려 내려 보니 역의 홈 입구 간판에 나진이라고 써 있었다. 항구에 가서 통통배를 타고 남측으로 몇 시간 내려가면 유진(楡津)이라는 마을이 있는데, 만으로 되어 있었다. 민가는 몇 채 안 되는데 큰 병사가 5, 6동 있었고, 큰 운동장도 있었으며, 운동장을 가운데 두고 동측에는 교실건물, 취사장, 보일러실 등이 있었고, 북측에는 강당, 남측에는 숙사가 있는 설비가 잘 된 훈련소가 있었다. 언덕 안에 있는 방공호는, 전에 일본이 해군하사관 양성을 위하여 만든 것이라 했다. 여기서 우리는 재편성되어 주로 해안포병을 양성하는 학교에 들어간 셈이었다. 이제 질서도 잡히고 교관들은 해군장교복을 멋있게 입고 교육에 임했다. 그 중 한 사람은 서울공대 교수였다고 했다. 그와 전투기 애기를 했더니, 소련제 MIG기가 미국제 SABRE보다 얼마나 성능이 우수한가를 속도, 항속거리, 기동성(Maneuverability) 등으로 비교하던 일도 생각난다. 그는 식사도 군관식당에서 했고, 배급도 잘 타며, 낮에는 강의만 하면 되는 부러운 생활을 하고 있었다. 자연이 친근감이 느껴져 다시 만날 수 있었으면 했는데 그 후 기회가 전혀 없었다. 장교식당은 따로 아늑한 데 있었다. 식사당번이 되어 밥을 차려 놓는 일을 해 봤다. 부식이 월등하게 좋아 찌개, 김치, 생선구운 것, 된장국 등도 나왔다. 나는 그 호기를 이용하여 평소에 먹지 못하는 부식으로 한껏 배를 채운 일이 있다. 식당에는 긴 식탁이 평행으로 쭉 놓여 있는데, 당번이 밥 한그릇과 국 한그릇을 나란히 적당한 간격으로 미리 떠 놓는다. 식당 밖에 줄지어 선 사병들은 준비가되기를 기다렸다. 테이블(식탁)과 벤치(의자)의 좁은 사이를 걸어 들어가는데, 눈은 자연히 밥이 많이 들어있는 밥그릇을 찾게 된다. 그 밥이 자기 몫이 되기를 바라며 노리고 가서 앉는데, 한 두 그릇 순번에 차이가 나면 서운하게 느껴지곤 했다. 여하튼 나는 주는 대로 잘 먹고, 소화도 잘 되고 해서 몸은 퍽 좋아졌었다. 교정 뒷문으로 나가 언덕을 넘어가면, 일본인들이 철도를 시설하려다 중지한 둑이 있었다. 아마 청진과 나진을 이으려는 철도 공사였는데, 제2차 세계대전으로 완성치 못한 것 같았다. 그 아래 민가에 남몰래 나가 쥐꼬리만큼받은 월급으로 엿을 사 먹었다. 감자로 만들었다는 그엿은 맛이 비할 수 없이 좋았다. 몸이 당분을 절실히 요구했기 때문이었다. 난방은 페치카로 하는데, 이는 벽에 아궁이를 적당한 간격으로 만들어 석탄을 때서 벽 자체에서 열이 발산하여 방 전체를 따뜻하게 한다. 큰 창고에 3층으로 틀(frame)을 짜고, 거기다 볏짚이나 보리짚을 충전하여 만든 매트리스를 꽉꽉 끼워넣어 그 위에서 사딘처럼 누워 자는데, 페치카에서 나온 열은 위로 흐르기 때문이어서 일층에 자는 사람은 제일 춥게 느껴졌다. 벽 가까이에서 자면 좀 훈훈하겠지만⋯⋯

교육을 받는 같은 반 사람들 중에는 이북에서 고등학교에 다니던 이들이 많았는데 그 중에는 만경대학원을 다니다 왔다는 분대장으로 승진된 사람이 둘 있었다. 그 중 하나는 아주 작은 체구에 얼굴은 주근깨 투성이인데, 목소리가 크고 제법 똑똑했다. 잘 웃는데, 웃지 않을 때는 무서운 얼굴이 되고, 눈이 이상하게 날카로웠다. 영흥(永興)이 자기 고향이라는데 사투리 발음이 심해 귀에 거슬렸다. 일제(日帝)시 항일투쟁을 한 집의 자제들을 특별히 교육하는 기관이 만경대학원이고, 이북에서는 출세의 길이 터진 특권계급에 속했다. 우연히 백철수와 나는 같은 중대의 같은 소대에 속하게 되었다. 백은 얼굴색이 희며 자주 미소를 띠는데, 항상 잠을 제대로 못 잔 듯한 얼굴을 하고 있었다. 우스운 애기가 나오면 폭소할 줄도 알았지만…… 교실에서 학습받을 때는 간단한 전기회로와 모르스 신호의 발신, 수신 등을 하는데, 아무래도 우리 둘이 솟아나기 마련이었다. 씨름대회를 해도 솟아났다. 목욕시 증기 속에서 보니 체격도 우리가 월등히 좋았다. 나는 이제 21세, 백은 22세, 힘은 내가 세지만 철수는 공대의 럭비선수여서 몸이 날쌨다. 우리 사이에는 말없는 신뢰가 싹트기 시작했다. 처음에는 화제가 먹고 자는 것들이었지만, 으레 원자탄 이야기, 도스토예프스키, 체홉, 고리끼, 고고리 등으로 이어졌다.

하루는 밤에 같이 보초를 서고 있었다. 만월이어서 바닷물이 출렁거리는 것이 보였다. 우리는 드리고(Drigo)의 세레나데를 즐겨 불렀다. 가사는 철수의 기억을 더듬었고, 멜로디는 내 것이 더 정확했다. "머나먼 저 바다엔 하얀 안개 가득 잠기고, 은은한 달빛 아래 바닷물은 출렁거리네. 고요한 물가에 앉아 그대 오기 기다리며, 지나간 그 옛날 일들 한없이 꿈처럼 떠올라 그리워지누나. 아! 그대여 나에게 오라, 달빛도 은은한 이 밤에 가자. 저 바다 건너 즐거운 나라 찾아 함께 가려

네."

그는 목포의 독실한 기독교 집 안에서 태어났으며 백운당(白雲堂)약국이 가업이라고 했다. 그는 바로 위 형하고 아주 가까웠다고 했다. 그 형이 지금 자기가 있는 곳을 안다면 이곳까지 배를 타고 찾으러 올런지도 모르겠다고 힘없이 웃던 얼굴이 생각난다. 나도 정읍(井邑)에서 자라던 때 이모저모가 추억되었다. 부모님은 내가 어떻게 되었는지 전혀 모르실텐데, 그렇지 않아도 걱정형인 우리 어머니께서 얼마나 고통스러워 하실 것인가? 작년이 환갑이셨을 텐데. 지주라고 몰려 봉변이나 당하지 않으셨을까? 내가 부모님의 건강과 평안을 이때처럼 간절히 기구한 것은 아마 전무후무한 일이었으리라.

여기는 북위 43도, 때는 1월 21일. 새벽 1~2시에 깨워 보초서러 산에 올라가는 순간은 참으로 기가 막혔다. 얼굴을 다 가려도 눈은 내놓아야 하는데 눈이 얼기 시작했다. 안구가 커져 눈을 깜빡거리기도 수월하지가 않았다. 발가락이 얼기 때문에 담요를 하나 몰래 여분으로 갖고 가서 발을 둘둘 감싸고 서 있어야 했다. 바로 옆이 묘지였다. 훈련은 날이 갈수록 심해졌다. 사열(査閱)시 걸어가는 오리걸음도 이때 배웠다. 소련식 걸음걸이인데 발은 무릎을 굽히지 않고 직선으로 앞으로 휘어 차고, 손은 배 앞에서 직각으로 구부러지게 하는데, 타이밍이 정확하게 맞지 않으면 한쪽 팔과 다리가 동시에 나가는 것 같아 아주 어색하게 보였다. 한때는 군관(장교)들이 대열을 이루어 시범한 일이 있었는데, 아무리 보아도 어색하고 부자연스러웠다. 우리 중대장은 얼굴이 검고 야윈 형인데 그의 걸음걸이는 더욱 그러했다. 어떤 사람은 몸이 이상한 각도로 일그러져 좀 병신같이 보이는 사람도 있었다. 나도 결국은 그 보조를 배웠는데 완전치 못하여 여기저기 지적받곤 했다. 실제의 전투훈련도 했다. 일주일에 한 번씩은 원정하는 맹훈련을 나갔다. 저녁식사 후 무장을 하고 저녁내 행군했다. 날이 밝아질 무렵에는 민가에 들러 잠깐 자고 하루 종일 훈련받고 밤길로 돌아왔다. 나는 체격이 크다는 탓으로 고생해야만 했다. 그 무거운 기관총 포신을 어깨에다 메고 걸어야 했다. 유진에서는 12월 3일까지 지냈으니 우선 추웠다는 것이 생각나고, 맹훈련에 고된 생활을 하던 것이 기억에 남는다. 그러나 밥을 굶은 일이 없었고, 나는 또 잘먹고 해서 건강하게 지낼 수 있었다. 그러나 한 가지 큰 사건을 저지르고 말았으니 아마 이 일

은 일생에 잊혀지지 않을 것이다. 저지른 일이 어마어마
했기 때문이 아니라 기막힌 일을 당했기 때문이었다.

어느 날 내가 식사당번이 되었을 때의 일이다. 10여
명이 되는 식당번이 부대전원의 식사를 세끼 준비하게
되었는데 그 중 철수도 끼어 있었다. 증기 솥에다 몇
가마의 쌀을 씻어 밥을 지었고 된장국도 맛있게 만들었
다. 부식(副食)은 생선, 고기, 콩나물 등인데 그날은 마른
고사리가 가마니로 배급되어 가마니에 붙은 꼬리표(집표)
를 보니 강원도의 어느 마을에서 공출되어 온 것이라는
것도 기억난다. 각 중대별 배정을 마치고 당번 일동이
같이 모여 앉아 배부르게 잘 먹었다. 맛있는 부식도 물
론 한 구석에 슬쩍 숨겨 놓았다가 내놓고 먹는 것도 한
가지 낙이었다. 취사도구를 잘 씻고 정돈한 후에 소속
중대에 돌아가는 것으로 되어 있었으며, 그날 밤에는
강당에 부대 전원이 모여(군관의 좌석은 따로 있음) <베를
린 함락>이라는 소련 영화를 구경하기로 된 일정이었
다. 나는 이 영화를 그 전에 본 일이 있었다. 그 뿐이
랴, 오락시간이라 해서 그 외에도 <스탈린그라드 방어
전>, <엘베강의 상봉>, <레닌그라드 대격전> 등 소련
시민이 나치침략 시에 당한 잔인한 학대, 그리고 소련

군의 용맹, 영웅적 행적을 잘 묘사한 영화들을 몇 번이고 보았다. 사회주의 나라에서는 예술에 얼마나 치중하는가 하는 선전을 많이 들었는데 수긍이 가는 점도 있었다. '석화'라는 영화의 선명한 천연색은 놀랄 만했다. 철수와 나는 본 영화를 되풀이해서 보는 것보다 따뜻한 데에 등을 대고 그날의 피로를 좀 풀었으면 하는 생각이 간절했다. 취사장 바로 앞에 보일러 칸이 있지 않은가! 둘이서는 이미 합의를 한 듯 발걸음을 옮겨 책임자의 허락을 받고 석탄을 넣는 보일러 아궁이 앞에 앉아 불을 쬐고 있었다. 좀 누워 허리도 쉬게 하면 좋겠다는 궁리를 하던 차에 내 눈은 두터운 벽돌로 된 아궁이 연통 위로 끌렸다. 더 생각할 필요도 없이 일어서서 쇠로 된 사다리를 오르자 철수도 같은 생각이었는지 내 뒤를 바로 따라 올라왔다. 연통 위는 먼지가 수북이 쌓여 있었으나 등을 대고 드러누워 있을 만한 평탄한 면적도 있어 말없이 드러누웠다. 나도 모르게 눈이 감겨졌다.

"당장 일어나지 못하겠나? 이 못난 새끼들!" 곤한 잠에서 벼락을 맞은 듯이 놀라 깨어 벌떡 일어선 우리 둘을 대여섯 명이 둘러싸고 있었다. 경멸과 분노가 뒤섞인 그 다섯 명의 얼굴에서 나는 특히 조강현(曺康鉉)의 눈이 유달리 나를 쏘아 보는 것을 느꼈다. 그는 또 저주의 노호를 퍼 붓는다. "이 새끼들 또 도망치려고 했지?" 철수와 나는 한마디도 대꾸를 하지 않고 그들을 따라 묵묵히 중대장실을 향해 걸어갔다. 나는 기가 막혔다. 속에서 무거운 것이 치밀어 오르는 것을 느꼈다. 인민군 사이에서는 쌍소리를 하지 않는 것으로 되어 있는데 이것은 확실히 너무했다. 더구나 조강현은 공대에 같이 다니던 친구가 아닌가? 그는 키는 나만한데 호리호리한 체구이며, 안경을 쓴 흰 얼굴은 가끔 신경질적으로 경련도 일으켰다. 어느 쪽이냐 하면 좀 계집애 같은 위인이었다. 유진에 온 이래 그의 태도가 일변한 것을 나도 느낄 수 있었다. 한달 후에 그의 열성은 인정을 받아 그가 우리의 분대장으로 승격되었던 것이었다. 따라서 우리의 바로 위 상관으로서, 우리가 자발적으로 모범을 보이지 않을 뿐 아니라 낙후하는 듯 보이는 우리의 거동이 평소에도 몹시 못마땅했었던 차에 그런 일이 터진 것이었다.

중대본부에 들어섰더니 중대장은 의외로 부드러운 훈시를 했다. 취침점호시 우리 둘이 나타나지 않아서 부대 전체에 비상령이 내려, 탈출혐의로 우리를 찾아다녔다는 것이다. 그날 밤 나는 잠을 이루지 못했다. 부대 전원에게 잠을 못자게 한 데 대한 미안한 마음과, 앞으로 당할 일이 걱정되기도 했다. 조강현이란 인간을 놓고 나는 그 후에도, 아니 지금까지도 가끔 생각해 본다. 충성이란 이렇게 급조될 수 있는 것일까 하고…… 엊그제의 우정을 발길로 차 버릴 수 있을까. 철수와는 화공과에서 급우였지 않은가. 나는 가끔 분노가 솟아오르는 것을 느꼈다. 그럴 때마다 아무도 없는 데서 조강현을 실컷 때려주는 장면을 상상해 보았다. 그러나 엄연한 사실은 내가 일과에서 허가 없이 이탈하여 그 소동을 일으켰으니, 특히 전시상황에서 죄를 지은 것임에는 틀림없었다. 다음날 우리는 반성, 그리고 자아비판을 해야 했다. 상호비판이라는 이름 아래 동료한테서도 열기찬 비난을 받았다. 같은 고백을 몇 번이고 하는 곤욕을 치러야 했다. 그러나 시간이 흐름에 따라 우리의 죄의식도 희박해져 갔다. 그리고 나에게도 규율을 벗어나지 않고 수동적으로 살아가는 기술이 생겼다.

4월이 되니 나뭇가지에, 들풀에, 새순이 돋기 시작했다. 바다얼음도 다 녹고 봄이 잊지 않고 찾아온 것이다. 1951년 봄에 전방에 배치된다는 소문도 떠돌았다. 4월

초순에는 또 머나먼 행군 길에 올랐다. UN군이 중공군에 밀렸다가 다시 38선까지 올라온 무렵이었다. 우리는 이제 소기의 훈련을 마치고 전선을 향해 도보로 동해안을 타고 남하하기 시작한 것이었다.

청진에 가까이 내려오니 바다에 미 해군 군함들이 보이며, 함포를 쏠 때마다 붉은 불꽃들이 번쩍이며 연기가 났다. 한참 지나서 발포시의 굉음이 울려오고, 그보다 좀 늦게 근방에서 착탄 폭음이 터졌다. 실제로 미 군함을 목격한 것은 이때가 처음이었다. 3척 또는 4척이 타원을 그리고 움직이면서 포를 쏘아 댔다. 이 광경은 앞으로 질릴 만큼 되풀이되는 것이다. 원산 앞바다(영흥만)에서의 함포사격을 호도반도(虎島半島)에서도 봤고, 원산시에서도 봤고, 또 내가 탈출한 흡곡면에서도 연일 보는 것이었다.

청진시를 피해 외곽 산길로 걸어가며 내려다보니 잿더미였다. 산비탈 과수원을 지날 때는 주인이 사과를 따 먹으라 하여, 함포소리도 아랑곳없이 실컷 따 먹은 일도 생각난다. 청진에서 약 30리 남쪽에 있는 나남(羅南)을 지났다. 조그마한 읍인데, 일제시 조선 주둔군의 제 19사단(또 하나는 용산의 20사단)이라는 대 병력이 주둔

하던 곳이었다. 당시 독립운동을 하기 위하여 만주의 국경 주변에 모여든 독립지사를 소탕하기 위하여, 또는 앞으로의 만주진출을 위하여, 이곳이 군사적 요충지로 되었던 모양이었다.

온천으로 유명한 주을(朱乙)을 지나 명천(明川), 길주(吉州)를 거쳐 고주파 공장이 있다는 성진에 내려왔다. 낮에는 비행기의 습격이 심하므로 주로 야간에만 걸었다. 단천(端川), 이원(利原), 북청(北靑), 홍원(洪原) 등 말로만 듣던 곳을 지나 질소비료 공장으로 알려진 흥남(興南)을 거쳐 함흥(咸興)에 이르렀다. 이 두 도시는 문자 그대로 폐허였다. 폭격과 함포사격으로 완전히 파괴되어 육중한 건물들은 앙상한 기둥마저 제대로 서 있지 않았고, 여기저기 연기에 새까맣게 된 굴뚝만이 처참하게 서 있었을 뿐이었다. 목적지인 영흥(永興)에 닿기 직전에는 장질부사가 만연하기 시작했다. 먹지 못하고 고열에 신음하다 쓰러지는 사람들이 속출했다. 머리가 빠진 환자들을 들것에 실어 야전병원으로 운반했다. 같이 가던 대학친구도 한명 쓰러졌다. 낙후한 그의 소식을 그 후 듣지 못했다. 낮에는 민가에서 자는데, 기총소리, 폭격, 함포사격 소리가 들리건 말건 그저 잠을 자는 것이 제일이었다. 위험이나 불안에는 만성이 된 지 오래였고, 다만 실컷 쉬고 잘 먹었으면 하는 소망이 우선이었다.

드디어 영흥교외에 이르러 우리는 민가에 배치되었다. 모두 여장을 풀고, 물을 항아리에다 길어다 놓고, 부엌에 들어가 비누를 써서 교대로 목욕도 할 수 있었으니 상쾌한 마음이었다. 내의와 발싸개도 빨았다. 행군 도중에도 철철 흐르는 개천에 뛰어 들어가 목욕은 했지만, 이렇게 마음 놓고 쫓기지 않으면서 목욕할 수 있는 것은 실로 오랜만이었다. 비누는 언제 또 배급될지 알 수 없는 일이므로, 빨래비누처럼 투실투실한 것이었지만 아껴서 써야 했다. 이처럼 여유 있는 시간을 이용하여 옷도 깁고 단추도 달고 했다. 똘똘 말아서 실과 바늘은 모자 속에 끼워 보관했다. 노동신문을 읽어보는 여유도 생겼다. 트루만 대통령이 4월 11일에 맥아더 장군을 유엔군 사령관 직에서 해임시키고, 그 자리에 릿지웨이 장군을 임명했다는 기사도 읽었다. 소문이 떠돌기를 우리 일행은 모두 해안 포대로 편성되어 동해안 요소에 배치될 것이며, 우선 진지구축 작업에 동원될 것이라는 것이었다. 사나흘 대기하는 동안 강행군의 피로는 적당히 풀렸다.

백철수와 나는 어디로 가든지 같은 부대로 보내질 것을 희구하고 기다렸다. 둘이서는 이제 비밀의 막을 제쳐버린 사이였다. 서로 얼마나 위안이 되었던가. 그런데 배치명단이 발표되는 날 우리는 크게 낙담하고 말았다. 앞이 캄캄할 정도로 실망했다. 백철수는 홍원에, 그리고 나는 그보다 남쪽인 영흥만에 길게 뻗어 있는 호도반도로 각각 헤어지게 된 것이었다. 출발 전야에 우리는 몰래 빠져나와 어떤 초가 담 옆에서 결별을 해야 될 운명을 슬퍼했다. 이때 철수는 상의 안주머니에서 무엇을 꺼내 나에게 내놓았다. 구겨진 그의 사진이었다. 강서에서 군복을 받아 입을 때 공대 학생증을 회수 당했는데, 거기에 붙은 사진을 몰래 떼어서 간직하고 다녔다는 것이다. 나는 왜 그 생각을 못했을까?

　그는 정성껏 사각형으로 접은 종이쪽지를 주면서 우리가 헤어진 후 조용한 장소에서 나 혼자서 읽어보라고 했다. 나도 무엇인가 기념으로 쥐어주고 싶은 생각은 간절했으나 아무것도 지닌 것이 없었다. 나는 굳게 악수를 나누면서 무엇보다도 몸조심하라고 당부하고, 전쟁이 끝나면 다시 만날 것을 기약했다. 다음날 새벽에 우리는 각각 다른 목적지를 향해 걷고 있었다. 잠깐 휴식하는 시간을 이용하여 그 종이쪽지를 펼쳐 보았더니 "사색(思索), 감행(敢行), 대성(大成)"이라고 힘 있게 또박또박 쓰여 있었다. 이 여섯 자가 무엇을 의미하는가는 물론 바로 알아차렸다. 고마웠다. 내가 4월 23일 배를 타고 탈출하는 데 성공할 것을 예언해 준 것이었을까.

영흥에서 원평리까지 가서 하루 자고, 다음날엔 호도 반도를 걸어 내려가고 있었다. 하얀 고운 모래, 그리고 송림의 좌우 양쪽에는 맑은 동해의 파도가 우렁찬 소리로 깨지며 물거품을 올렸다. 이 반도의 최남단에 이르기 전에는 아주 좁았다. 어떤 때는 10m 정도로 협소한 데도 있었다. 조그마한 나무다리로 연결된 곳도 있었다. 어떻게 보면 남단에 있는 섬을 좁은 폭의 띠로 이어놓은 것 같았다. 서측 내해에는 내(內)구비도, 소(小)구비도 섬들이 산재해 있었다. 나는 일찍이 이렇게 아름다운 해변을 본 적이 없다. 깨끗하고 고운 모래는 어느 한구석을 택해도 훌륭한 해수욕장을 만들 수 있을 것 같았다.

방구미리(芳久美里)가 가장 큰 마을인데 주민은 모두 어부들이었다. 가자미, 넙치들을 줄에 끼워 뒷마당과 담에 널어놓은 것이 눈에 띄었다. 널려진 생선들은 밤이 되면 청백색의 야광을 발했다. 인이 나와서일 것이다.

방구미리로부터는 산이 되고, 가장 높은 고지에 가면 일본군이 2차대전시 만들어 놓은 벙커가 있고, 고사포대가 있다. 여기서부터 남측을 향하여 내리막으로 약 10리를 가면, 빈광으로 폐기한 굴이 하나 있었다. 폭 3m에 높이 2m의 굴속을 허리를 구부리고 들어가면, 천정에서 물이 한 방울 두 방울씩 쉴 새 없이 떨어졌다. 이 굴이 우리 막사가 되는 것이다. 우선 소나무를 잘라서 가지를 다 베어내고 적당한 크기로 토막 낸 다음, 보(frame)를 대어 굴이 무너지지 않게 해 놓고, 좁은 통로 옆에는 굴 속 깊숙이 침대 비슷하게 틀을 짜서 넣어 놓았다. 그 침대 아래에는 천정에서 떨어진 고인 물이 흘러가도록 홈을 만들었다. 굴속은 어두워서 아무것도 보이지 않으므로 몇 m 간격으로 관솔을 켜 놓아야 하는데, 그 향은 좋으나 연기가 잘 빠져 나가지 않았다. 잠 잘 시간이 되면 줄을 지어 모두 이 굴속에 들어가, 제일 깊숙이 있는 침대에서부터 한 사람 한 사람씩 팔과 팔이 닿도록 꼭꼭 끼어 나란히 누웠다. 잠자리에 관한 한, 히틀러가 유태인을 말살하려 들 때 만든 아우슈비츠(Auschwitz) 수용소의 침대는 고급인 셈이었다. 아침에 7시 기상호령이 나면, 입구에 제일 가까이에서부터 어기

적어기적 기어 나와, 골짜기에 흐르는 물에 세수하고 부지런히 아침을 먹었다. 곧이어 3인분 점심밥 위에, 소금에 절인 생선을 삶은 것을 너댓 점 올려놓은 원통도 시락*과, 삽, 곡괭이, 목도줄, 톱 등을 들고 작업장을 향해 걸어갔다. 작업장은 한 5리쯤 되는 거리에 있었는데 반도 최남단에 있는 고지였다. 거기에다 굴을 파고 해안포대를 구축하는 것이었다. 고지에 올라가면 남쪽에 있는 산과 능도가 가까이 비옥, 그보다 좀 덜어져 여도(麗島)가 눈앞에 훤히 보였다. 이 섬들 사이에는 군함이 편대를 지어 원산을 향하여 주야를 가리지 않고 간단(間短)없이 포격을 가했다. 우리의 임무는 몰래 해안포진을 파고서 호기가 닥쳐오는 것을 기다렸다가 저 앞에 새까맣게, 그리고 상당히 크게 보이는 군함들을 일제히 명중시켜서 큰 성과를 올리는 데 있는 것이었다.

작업은 연일 하루도 쉬지 않고 계속되었다. 곡괭이로 땅을 파면 들것에다 실어서 멀리 버렸다. 갱이 적당히 깊어지면, 주변에 있는 큰 소나무를 톱으로 잘라서 땅에 눕히고 축대로 쓸 수 있도록 적당한 길이로 자른 다

---

* 소련군이 2차 대전 때 사용한 것으로, 황록색 페인트가 칠해져 있음.

음 목도하여 운반해 갔다. 목도할 때는 보조가 잘 맞아야지, 그렇지 못하면 얹은 짐이 흔들려 힘이 더 들 뿐만 아니라, 목도줄을 멘 어깨가 견디지 못해 껍질이 벗겨지거나 물집이 잡히기 마련이었다. 보조를 맞추기 위해 구령의 창도 배웠다. 목도꾼 중에서 내 키는 큰 편이었다. 그래서 굴 속에 들어가서는 이마가 천정에 닿지 않도록 고개를 좌우로 구부려야 하는데, 그것도 모자라 다리와 허리를 구부리고 걸어가야 했다. 이 괴로움을 당해보지 않으면 알 수 없으리라.

아침식사 후 기다려지는 것은 오직 한 가지, 12시쯤에 내려지는 '점심휴식'이라는 호령이었다. 들고 온 원통형 도시락을 둘러싸고 3인씩 앉았다. 그 셋이서 서로 밥을 떠먹는데, 처음에는 체면을 차리는 듯하다가 숟가락을 운반하는 속도가 점점 빨라진다. 나는 진달래나무의 가지를 꺾어 젓가락을 만들었다. 그런데 내 옆에 앉은 두 사람은 안주머니에서 큰 수저를 하나씩 꺼내더니 밥을 고봉으로 떠서 신나게 먹어대지 않는가. 더군다나 밥이 쌀밥이 아니고 조가 많이 섞여 있으니, 젓가락으로 집으면 입까지 운반되기 전에 부스러지기 마련이었다. 위에 소식은 가는 둥 마는 둥, 그래도 점심휴식은 끝났으니 또 곡괭이로 땅을 파고 목도질을 하고…… 극도로 시장한 배를 달래가며 곡괭이질을 하자니 견딜 수가 없었다.

하룻밤은 자는 체하고 누워 있다가 슬그머니 굴에서 빠져나와 취사장으로 걸어갔다. 어둠 속을 이리저리 더듬어 수저가 놓여 있는 곳을 찾아내고, 그 중에서 적당히 큰 것을 하나 훔쳐서 호주머니 안에 집어넣었다. 이렇게 하여 그 후 이 수저는 내가 가는 곳마다 나를 따라다니게 되었고, 나도 이제 점심 때 제 밥을 찾아 먹는 수단이 생긴 것이다. 그 뿐이랴. 그날 밤 부엌에서 여기저기 더듬다가 찬물에 담겨있는 두부도 손에 잡히기에 두서너 개 삼켰다.

이 호도반도 상공에는 미국비행기가 내는 소리가 그치지 않았는데, 대개의 경우는 그냥 통과했다. 하루는 우리 작업장 위에서 네 대의 프로펠러* 전투기가 몇 번 선회하더니 기수를 꽂고 기관총 소사를 시작했다. 지금까지 발각되지 않은 것이 이상한 일이지, 굴을 파서 당까에다 싣고 퍼낸 흙이 주위와 다른 색으로 보일

---

* 아마 Grumman

것이 당연하지 않은가. 함상(艦上)에서 뜬 헬리콥터도 몇 대 날아오고, 우리 작업장 주변에는 군함에서 쏜 포탄이 꽝꽝 작렬하기 시작했다. 포탄이 날아올 때는 휘익 하는 호각소리 같은 기분 나쁜 소리가, 포탄이 터진 좀 후에 들려왔다. 그 소리를 들을 수 있으면 자기가 살아 있다는 증거였다.

영흥만 쪽을 바라보니 군함이 평소보다 훨씬 커 보였다. 가까이 접근해 와서 쏘아대는 것이었다. 직격으로 맞는 소나무는 완전히 갈라져 하반신만 남아있는 것이 눈에 띄었다. 이날부터 우리는 매일 심심치 않게 포탄 세례를 받았다. 그렇다고 해서 공사 일정이 지연될 수는 없는 것이다. 작업장 옆 전망이 트인 지점에 파수병을 세우기로 했다. 그는 앞바다에 자리 잡고 있는 군함의 동태를 감시하며, 우리 쪽을 향해 포를 쏘기 시작하면 대피호령을 하는 것이었다. 대피하는 동안에는 작업을 중지해야 되니 그만큼 완성일이 지연될 것이므로, 그것을 보상하기 위해서 더욱 심한 중노동이 요구되었다. 그 뿐이랴. 일의 능률을 올리기 위해 캠페인이 대대적으로 시작되었다. 작업장에서 일을 잘하는 사람을 찬양하기 시작했다. 그를 기준으로 삼고, 그보다 일에 성과를 올리지 못하는 사람은 태만 내지 애국심 부족으로 몰아대기 시작했다. 아무개 동무는 하루에 굴을 몇 미터 팠으며, 조국을 위하여 하루속히 미 군함을 침몰시키겠다는 열의에 불타 있다는 것이었다. 저녁을 먹은 후 각 분대별로 회의를 열어, 그 열성분자가 그만한 성과를 어떻게 얻었는가를 여러 가지로 검토했다. 요는 성의만 있으면 아무나 할 수 있는 것이라는 것이 주조(主調)가 되니 은근히 압력을 받았다. 회의는 분대단위, 소대 및 중대 단위로 매일 열렸다. 고등학교를 다니다 온 젊은 전사(戰士)들도 차례가 오면 일어나서, 자기가 일을 더 열심히 할 수 있었을 것을 태만으로 인해 못했는데, 앞으로는 더 성과를 올리겠다고 결의를 표시했다. 정말이지 참으로 무서운 일이 일어나고 있었다.

어떤 애들은 양심의 가책을 받아서인지, 또는 혹사에 못 견뎌서인지, 자기 체력으로선 감당할 수 없는 일까지도 시도하다가 쓰러지고 말았다. 부족한 음식으로 영양섭취가 안 되는 데다가 밤에는 물이 뚝뚝 떨어지는 굴 속에서 자야 하니, 아침에 일어나면 얼굴이 이상하게 청백색으로 부어있다. 생지옥이란 바로 이러한 상태를 일컬어 쓰는 말인가 싶었다. 어려움이 찾아올수록

경각심을 제고해야 한다고, 가끔 야간소집을 하여 적군의 상륙에 대비한 격퇴훈련을 시켰다.

하루는 이 반도를 불바다로 만들어 버리려는 듯 군함에서 소이탄(燒夷彈)을 쏘아 댔는데, 야간훈련 중 병사 한 사람이 파편에 맞아 쓰러졌다. 우리의 숙소인 굴에서 얼마 떨어지지 않은 언덕에 그를 묻었다. 미 제국주의자들의 침략을 격퇴하려는 성업을 용감히 수행하다가 쓰러진 아무개 동무는 우리의 모범인 것이라는 중대장의 조사도 있었다. 삽을 들고 무거운 표정으로 듣고 있던 대원들의 실루엣(Siluette)을 할 때에도 두 개의 포탄이 같은 지점에 떨어지는 확률이 적은 것 같았다. 나도 이와 같은 교훈을 믿고, 가장 가까이 있는 탄흔 속으로 뛰어들어 피신하곤 했었다. 이때의 생활을 특징 지워 주는 것이 있다면, 항상 바삐 지내도록 몰아대고, 무엇인가 휴식할 만한 여유는 조금도 주지 않는다는 것이었다. 자고, 먹고, 굴을 파거나 결의, 학습 또는 회의를 하고 그리고도 틈이 생기면—혼자 아무것도 하지 않고 있으면 '헛된 생각'을 하게 된다는 것— 편리한 소일거리가 있는데, 오락회라는 것이 바로 그것이었다. 원형을 지어 모두 앉아서, 가운데에 나와선 지도자의 지시에 따라 노래도 하고 춤도 추며 새 노래를 배우고, 또 신이 나면 일 잘하고 힘도 세고 애국심이 투철한 모범자를 찬양하고, 모두 그를 따라 가자고 선동하고…… 그러나 아이러니컬하게도 이 오락회를 나는 제일 싫어했다. 혼자 조용히 쉬게 해 주었으면 하고 얼마나 바랐던가.

하루는 오락시간이 거의 끝날 무렵의 일이었다. 미제국주의자들이 이승만 주구와 협작하여 이북에 쳐들어 왔는데, 이를 단호히 격퇴했을 뿐 아니라 이 기회를 이용하여 남쪽에서 신음하고 있는 불쌍한 노동자와 농민을 해방시키는 성스러운 과업을 수행하고 있는 것이라는 테마를 세워놓고, 거기에 대해서 한 사람 한 사람 돌아가며 한마디씩 하라는 것이었다. 모두 순번이 돌아오면 똑같은 내용을 입만 바꾸어 지껄이는데, 그 내용은 둘째로 치더라도 이 과정(Regimentation)이 나의 비위에 심히 거슬렸다. 내 차례가 되어 나도 일어섰다. 주제에서 벗어나지 않게 조심하는 어투로 적당히 말했다. 그리고 한마디 덧붙였다. 이러한 성업을 수행하기 위해서라면, 이북에서 먼저 쳐들어가서라도 성과를 내야할 것이 아니겠느냐고 끝을 맺었다. 그리고 그들의 눈치를 살폈다. 나는 이러한 생활을 이어나가는 것이 참을 수 없는 고통이 되어버렸다. 견디다 못해 나는 남몰래 밤에 혼자서 파도치는 모래사장으로 나왔다. 어망에 부표로 쓰는 코르크를 등에 메고, 가장 가까이 있는 여도까지 헤엄쳐 가볼까 하며, 그 가능성을 답사해보기 위해서였다. 그때 발자국 소리가 들려 쳐다보니, 육군의 순찰병 두 사람이 내게로 접근하고 있었다. 자기네 소대 본부까지 나를 우선 대동(帶同)해 가야겠다고 우겨대는 바람에 할 수 없이 따라갔다. 소대장의 요구대로 내 군인증을 보여 주었더니, 전지(후레쉬)를 비추어 자세히 조사하고서는 반신반의의 표정을 지으며 돌려주었다. 아슬아슬한 일이었다. 실은 헤엄쳐 나가는 데 성공했다 하더라도 물의 온도가 차가워 견디지 못했을 것이 분명했다. 막다른 골목에서는 별 위험한 일을 다 궁리해 보게 되나보다.

9월이 되었다. 폭서도 이제 자취를 감추어 가고 있는 어느 날, 작업을 마치고 무거운 발걸음으로 숙소에 들어오니, 사단 본부에서 왔다는 장교가 나를 기다리고 있었다. 전쟁 직전에 공과대학에 다녔던 사람을 동원하여 평양에다 새로운 부대를 편성하게 되었으니 해당 자격자들을 데려가려고 왔다는 것이었다. 그 말을 듣고 나는 살아난 것처럼 기뻐했다. 이 지옥생활에서 벗어난다는 것, 게다가 철수와의 재회의 가능성을 엿보았기 때문이었다. 호원에도 이와 같은 임무를 띠고 장교가 갔을 테니, 우리와 그리고 공대의 다른 친구들도 평양에서 합류될 것이 아니겠는가.

호도반도에 배치된 이 대대에는 유자격자가 나 한사람밖에 없는 것을 보고 인솔 장교는 약간 실망한 눈치였으나, 인계 수속을 속히 마친 후에 나를 데리고 호도를 떠났다. 일본군이 지은 후 폐허가 된 포대에 들어가 어두운 데서 내 배낭을 찾는데, 지까다비가 한 켤레 손에 잡혀 앞으로 필요할 때에 대비하고자 내 배낭 속에 집어넣고 모르는 체 하고 나왔다. 이 곳을 떠나가는 마당에 후일까지 걱정할 필요가 뭐 있겠느냐는 심보였다. 눈부시게 하얀 모래사장, 줄기줄기 서 있는 아름다운 송원(松園)을 걸으면서, 3개월이나 묵었던 우리 중대를 멀리 바라보았다. 반도를 벗어나 신작로에 이르니, 군용 트럭이 비행기를 피하면서 제법 많이 움직이고 있었다. 그 중 하나가 우리의 거수에 응해 멈추어 주었다. 영흥에 들어가기 직전 급정거를 하는 바람에 위에 탄 나는 균형을 잃고 강철 프레임 모서리에 머리를 부딪쳤다.

콧등에서 피가 났다. 이때 다친 흔적은 지금도 남아있는데, 거울을 볼 때 가끔 손가락으로 어루만져 본다.

원산에 있는 본부는 시멘트를 재료로 하여 견고하게 돔형으로 만들어진 굴 속에 있었다. 인솔 장교가 함께 들어가 도착보고를 했더니 몇 시간 전에 각 중대에서 모아온 공과대학 출신의 후보들을 트럭에 태우고 평양을 향해 출발했으니, 나보고는 단념하고 대기하라는 것이다. 호도에서는 인계를 받은 것이니 다른 해안포 중대에 배치될 것이라고 했다. 그 말을 듣는 순간 나는 크게 실망했다. 일말의 희망이 무산된 것 같았다. 또 지긋지긋한 포진지 구축작업에 들어가야 한단 말인가. 호도의 생지옥과는 다를지 몰라도 대동소이하겠지. 몇 시간의 차이로 꿈이 깨어진 이 운명의 기로를 나는 한탄했다. 이것이 나로 하여금 탈출의 길을 풀어주는 실마리가 될 줄은 꿈에도 생각지 못하고 말이다.

인생에 있어서 행·불행은 지나고 봐야 아는 것이다. 그때 그 트럭을 놓치지 않았으면, 여러 친구들과의 재회를 즐기고 포진지를 짓는 고역을 치루지는 않았을지 모른다. 그러나 지금 이북 어느 곳에서 무엇을 하고 있을 것인가? 우리하고 같이 서울에서 끌려간 일행 중에서 빠져나올 수 있었던 사람도 몇 명은 있었을 것이다. 그러나 내가 아는 사람 중에서 성공했다는 이야기를 들은 일이 없다. 원산에서 이틀간 대기하고 있을 때였을까. 각 포 중대에서 주기적으로 이곳 본부에 전령이 다녀가게 되어 있는데, 마침 원산 남방으로 사, 오십리 떨어져 있는 중대에서 오늘 전령이 와서 내일 오후에 떠나니 그를 따라가서 보고하도록 하라고 배치명령서와 세 끼니의 쌀을 나누어 주었다. 본부를 나온 우리 두 사람은 원산시에서 자고 다음날 아침에 출발하기로 하고, 민가에 머물기로 결정했다. 민가에서는 군인이 유숙하는 것을 환영했다. 그들이 들고 온 쌀로 밥을 지어주면 자기네들도 나누어 먹을 수 있기 때문이다. 그 집의 어린아이도 우리와 같이 앉아 모처럼의 쌀밥을 즐겼다. 나는 이날 놀라운 광경을 목격했다. 함포탄이 언제 떨어질지 모르는데도 길 구석에 시장이 서고, 상행위가 이루어졌다. 야채, 곡식, 생선 말린 것 등등. 다음날 우리는 안변평야(安邊平野)를 지나 상음, 자동을 지나고 있었다. 통천(通川)과 안변을 잇는 동해안의 철도에는 기총소사로 파괴된 기관차가 여기저기 버려져 있었다. 그날 해질 무렵 사원(砂原)을 걷고 큰 언덕을 넘어, 피난가고 빈 어떤 초가집에 닿았다. 이것이 중대본부였다. 이 마을이 바로 통천군 옹곡면 압룡리(通川君 翁谷面 鴨龍里)인 것이다. 말하자면, 이북 땅의 종착점에 닿은 것이었다.

김희갑 중대장에게 보고인사를 했더니 "내 이름과 동무 이름은 비슷하갓쓰비"라고 함경도 사투리로 웃으며 악수를 청했다. 그의 얼굴은 언제나 순식간에 웃는 얼굴로 변하는 타입이었다. 위엄을 부려야 하지 않겠느냐고 때때로 무서운 표정을 지으려 하다가도 수시로 웃는 얼굴로 변해버린다. 가끔 농담도 걸어왔다. 나는 농담을 할 줄 아는 인민군 장교를 김희갑에게서 처음 찾았다. 지금도 그의 생각이 떠오를 때가 있는데 항상 약간 놀리는 듯한 악의 없는 얼굴이다. 중대장 아래에는 당에 직속된 정치 부중대장이라는 것이 있는데, 그는 중대원 전체의 정신무장의 책임을 지며, 일 계급 위인 중대장도 감시하여 그의 언행을 중앙당에 보고하며, 필요하다면 경질 또는 좌천을 시킬 수도 있다. 그가 한마디 하면 모두 조심해 들어야 할 그러한 존재이었다. 이름은 박철희. 그에게도 인사하러 갔었다. 면도는 잘 했지만 안면 전부가 거의 수염으로 덮혀있는 얼굴에 눈이 음산하게 빛났다. 내가 가지고 온 신분증(이력서)을 받아 읽더니, 이남에서의 교육경력을 자세히 물었다. 가업이 농사라는데 어떻게 대학까지 들어갈 수 있었느냐고 캐물었다. 꿰뚫는 듯한 그의 눈, 무엇인가 수상한 것이 없나 하고 캐묻는 그의 평안도 말투. 김희갑 중대장의 호인형 때문에 해이해진 내 마음이 순식간에 다시 긴장해버렸다. 그러나 우선 급한 것은 시장기를 달래야 하는 일이라 부엌으로 쫓아갔다. 이 중대에는 취사병 3명이 전문적으로 식사를 맡고 있었다. 시골에서 농사짓다 온 사람들이었다. 그들은 친절했다. 정어리 찐 것 두 마리에다 남은 밥을 고봉으로 담아준 것을 거뜬히 먹어 치웠다.

김 소대장과는 굴(숙소)에서 만났다. 함흥고등학교 재학 중 동원되어 군에 들어온 소년인데 예지 있고 감성이 예민한 그는 문학작품도 꽤 읽은 것 같았다. 심각한 이야기를 할 때에는 눈을 깜박거리는 것이 귀엽게도 보였다. 그는 미적분도 제법 알고 노어에 능통한 걸로 봐서, 공부를 잘하는 상당히 우수한 학생이었을 것이라는 것을 바로 짐작할 수 있었다. 나는 김 소대장 아래 화경 분대장˚이 된 것이다. 그는 나에게 호기심을 갖고

˚ 火鏡, Search Light.

대해 주었으나 항상 약간 경원하는 기색도 보였다.

여기서 이 중대의 편성을 살펴보면서 몇몇 사람들에게서 얻은 인상을 적어보는 것도 재미있을 것 같다. 김 소대장 아래에 정찰분대, 통신분대, 화경분대가 속하는데 정찰분대장은 야윈 편이었다. 폐인지 기관인지가 좋지 않아 가끔씩 발열하여 누워 있을 때를 제외하고는 일을 날카롭게 해냈다. 이 중대의 당 위원장이라는 중책을 맡아 가끔 당원 회의를 소집하여 중앙에서 시달되는 중요 안건을 토의, 시달한다는 것이었다. 참으로 임무에 충실한 헌신적인 사람이었다. 입당한다는 것은 여러 단계의 자격심사(출신성분, 공적, 학습 등)를 받는 어려운 과정이었다. 중대전체 중에 노동당원 수는 손꼽을 만큼밖에 되지 않았다. 김 소대장도 민청원일 뿐이지 아직 당원이 되지 못했고, 나로 말하자면 민청원이 되기 위한 학습도중에 있는 셈이었다. 통신 분대장은 이남출신으로 나보다는 5, 6세 연상인데, 중대 안뿐만 아니라 30리쯤 떨어져 있는 대대본부까지의 전화선 가설을 맡은 사람이었다. 새까맣게 탄 얼굴로 대원을 데리고 열심히 일을 했다. 서울에 처자를 두고 왔다는 것 외에 그에 관한 것은 잘 알 수 없었던 수수께끼의 사나

이로 나는 친근감을 느끼지 못했다. 전투소대 안에는 3개의 포 부대가 있었다. 이것이 물론 실력을 행사하는 단위인 것이다. 우리는 지금 제1포, 제2포, 제3포를 앞으로 도입하기 위한 굴을 파고 있는 것이며, 작업은 반 이상 진척되어 있었다. 내가 맡은 임무는 대원 수명을 데리고 포진지에서 1km쯤 떨어진 언덕 정점에 관측소를 파는 것이었다. 이 관측소 위에서 남쪽을 바라보면, 날이 좋을 때는 통천읍이 부옇게 보였다. 더 남쪽으로 내려가면 해금강이 있는 고성이라 했다. 10월 말경, 분대 명칭도 화경분대로부터 관측분대로 개명되었고, 3개의 포진지굴과 좌우 양 관측소가 완성됨과 동시에, 야밤에 3대의 트럭이 2문의 108mm포와 1문의 76mm포를 끌고 와, 중대원이 총동원되어 산언덕을 밀고 올라가 굴진지에 올려놓았다. 이로써 전투준비를 갖추게 된 것이었다.

야간, 주간 할 것 없이 실전을 방불케 하는 훈련이 계속 되었다. 굴 속에는 조명이 필요한데 관솔불보다는 경유가 더 편리했다. 내가 맡고 있는 우측관측소에는 항상 영흥만에 떠 있는 군함을 바라보며, 그들이 우리 포 진지에 가까이 오는 기회를 이용하여, 불의의 일격을 가할 량으로 호시탐탐 노리고 있는 것이었다. 식사를 타러 중대본부에 갔다 오는 시간을 제외하고는 중대본부에 상황보고를 하고, 또 밤에는 조그마한 굴에서 3명의 당번이 자게 되어 있다. 이 관측소에서 중대본부를 향해 내려가면 잘 지어진 양철집이 있다. 이윤보라는 명패가 기둥에 붙어 있는데 그 앞을 왕래하면서 온후하게 보이는 중노인 이씨를 알게 되었다. 내가 서울에서 왔다는 것을 듣고 여러 가지 호기심이 나는 듯 질문을 했다. 이승만 박사에 관한 것도 상당히 알고 있었다. 하루는 자기 집에 제사를 모셨는데 떡을 먹으러 오라고 하여, 관측소에 올라가는 길에 대원 셋을 데리고 부엌에 들어가서 시루떡과 인절미를 실컷 먹은 일도 있었다.

어느 날 음흉하게 생긴 박 정치부중대장이 나를 대동하여 이씨집에 갔다. 그는 들어서자마자 창고 속을 보자고 요구했다. 주둔 부대의 동리 사람들은 모든 협조를 해야 하므로 어업으로 배도 수 척 갖고 있는 이씨는 우리에게 창고 문을 열어주었다. 박 부중대장이 나를 대동하여 이 집에 찾아온 것은 이씨가 어선기관에 사용하기 위해 저장해 놓은 기름을 얻어가기 위한 것이었는데, 드럼통에는 바닥에 기름이 조금 있을 뿐이었다. 박 부중대장은 별안간 얼굴이 붉으락푸르락 해지더니 큰 소리를 내면서 질책하기 시작했다. "동무는 도대체 뭐요, 아들이 둘이나 있으면서 한 명도 인민군에 보내지 않을뿐더러 우리가 필요해서 기름을 쓰겠다는데 감추어 두니, 이것은 조국과 인민을 등지는 행위가 아니오. 어부를 몇 명이나 두고서 혼자서 배를 채워 온 동무와 같은 사람이 바로 반동이며 착취자란 말이야."

윤보영감은 아무 대꾸도 못한 채 깊숙이 숨겨놓은 기름을 한 양동이 떠다가 내 앞에 내놓았다. 나는 어쩔 줄을 몰라 당황했다. 그 분에게 아들이 둘, 딸이 하나가 있다는 것은 그의 마당 앞을 매일 지나다니는 우리도 봐서 알고 있었다. 큰 아들은 몸이 약질로 생겨 우리 눈에도 분명히 신체검사를 불합격한 것이 분명해보였다. 둘째 아들은 겨우 15, 6세로 보였고, 도대체 반동이라는 낙인을 찍어놓고 사유재산을 이렇게 강탈하다니, 이것은 너무 하지 않은가? 박 부대장은 자발적으로 응해 주지 않는 이씨를 저주하는 몇 마디를 씨부리면서 창고를 나왔다. 원래 음침하고 일그러진 그의 얼굴이 내 눈엔 악마로 보였다. 그 뿐이랴. 진지구축을 목표일

자 보다 앞당겨 완성하자는 구호 아래, 한참 피치를 올리고 있을 때였다. 우측 관측소에서도 뒤처져서는 안되므로 연일 폭서를 무릅쓰고 호를 파고 있던 때였다. 비가 축축하게 내리던 날, 다 젖은 옷을 말릴 생각도 없이 우선 쓰러지다시피 모두 어두침침한 호 속에서 지칠 대로 지친 몸을 달래고 있는데, 중대본부에서 전화가 걸려왔다. 이남출신인 나하고 전(全) 전사(서대문에서 리어카로 짐을 나르며 생계를 유지해 오던 소년)는 즉시 본부에 달려와, 민청가맹을 위한 학습을 받으라는 연락이었다. 전 전사는 이미 잠이 들었는지 꼼짝을 안 했다. 비는 억수같이 쏟아지는데, 중대본부까지는 상당한 거리이다. 또, 내일의 고된 일을 하기 위해서는 수면이 무엇보다 필요한 것이라고 생각되었다. 어물어물 하는 사이에 나도 모르게 깊은 잠이 들어버렸다.

다음날 아침, 우리 두 사람은 박 부중대장 앞에 불려갔다. 지독한 질책을 받았다. 특히 나는 분대장으로써 명령불복종을 한 것이니, 당과 인민의 규탄을 받아야 한다고 했다. 민청교육도 중요하지만 시일 내에 작업을 완성해야할 것이며, 그러기 위해서는 최소한의 수면을 취해야 한다고 답변했더니, 그는 그야말로 얼굴이 붉으락푸르락하더니, 책상을 치고 노발대발했다. 그 후 연달아 일어나는 회의에서 나는 몇 번이나 비판대에 섰을까. 내 마음속 깊은 곳에는 이제 확고부동한 반항의식이 자리 잡은 것이었다. 그렇지만 살아있어야 하므로 적당히 위장하는 기술이 생겼다. 이 사건이 있은 후로는 나를 경원하고 때로는 선배처럼 생각해주던 김 소대장의 태도도 돌변했다. 그러나 나는 유능하고 순진하며 또 어린이 티가 나는 그를 미워하지 않았다.

이윤보 씨는 나를 어떻게 보았는지 그의 앞마당을 지나다니는 나를 조용히 불러 밥을 먹고 가라고 여러 번 청했는데, 그런 일이 있은 후로는 도저히 그 집을 들릴 수가 없었다. 이씨 집 마당을 지나 20여 미터를 가면 우물이 있었다. 거기서 중대본부까지는 툭 터진 논이다. 어느 겨울날 아침, 나는 안 병사를 데리고 그 우물을 지나 100미터 떨어진 중대를 향해 아침밥을 타러 가려는데, 마침 그 때 상공을 나는 전투기 4대의 거동이 평소와는 좀 달리 느껴졌다. 나는 안 병사의 손을 잡고 더 이상 못 나가게 하며 비행기를 주시했다. 1번기가 중천에 한 개의 점이 되어 움직이기 시작했다. 동독에서 원조물자로 보내 왔다는 회색외투를 입고 흰 눈 위를 가는 우리 두 사람을 목표로 삼고, 제1번기가 꽂아 급강하를 시작한 것이다. 나를 따라 오라고 안 병사에게 명령하고 나는 우물을 향해 안간힘을 다해 뛰었다. 앞뒤에서 기관총탄이 언 땅에서 반사되어 붉게 달아 작렬했다. 나는 노깡을 넘어 뛰어 우물 속에 몸을 감추었다. 안 병사도 바로 뒤따랐다. 제2번기가 기관포를 쏘고 무서운 소리를 내며 터졌다. 우물의 깊이는 우리 키 정도, 이러한 와중에도 고개를 약간 내놓고 보니, 또 한 대의 비행기가 이 우물을 겨누어 꽂고 있었다. 기수에서 불이 번쩍번쩍한다. 우리의 생명을 노리는 탄환이 발사되는 순간인 것이었다. 조종사 얼굴을 거의 볼 수 있을 만큼 가까이서 쏘다박는 비행기는 우리 머리 위에서 하늘을 덮을 듯한 큰 기체를 보이더니 윙하고 다시 하늘로 솟아올랐다. 이만하면 틀림없겠지 하고 생각한 듯, 남측을 향해 날아가는 비행기의 폭음이 점점 작아져 갔다. 우물에서 기어 나와 보니 노깡에 기관총 탄환이 몇 개 명중하여 금이 가 있고, 그것을 중심으로 해서 기관포가 여기저기 폭발하여 구멍이 패어 있다. 이 위기를 겪은 후에는 내 눈에 비치는 삼라만상이 전부 달라보였다. 나는 내가 소유하고 있는 어느 것도 아깝

지가 않았다. 호도반도를 떠날 때 몰래 내 배낭 속에
넣고 다니던 지까다비도 다 떨어진 신발을 끌고 다니던
분대원에게 주어 버렸다.

하루는 우리가 그렇게 기다리던 기회가 도래했다. 군
함 두 척이 원산 앞바다를 남쪽으로 한 바퀴 돌더니,
우리 포진지 앞에 크게 나타났다. 비상소집이 걸리고
거리를 측정한 다음 드디어 발포를 했다. 명중을 못했
을 뿐 아니라 상당한 거리를 두고 배 뒤에 높은 물기둥
이 올라갔다. 몇 발 더 쏘았으나 역시 맞지 않았다. 몇
분 뒤에는 함포가 번쩍번쩍 불을 뿜더니 역습을 시작했
다. 우리 진지가 발각된 것이었다. 포탄 한 발은 우리의
제2포진에 직격되어 대원이 많이 부상당했고, 큰 파편
하나는 분대장의 가슴을 명중했다. 중학교를 다니다 온
이 분대장의 눈은 유달리 컸다. 호인이고 아주 매력적
인 청년이었다. 조용해진 틈을 타서 대대본부 위생소를
향하여 네 사람이 그를 들것 위에 싣고 달렸다. 후에
들은 일이지만, 그 분대장은 들것을 땅에 놓고 숨을 돌
리고 쉬는 4명에게 물을 달라고 간청을 하더라는 것이
었다. 그런데 출혈이 심한 부상자에게는 음료수를 주지
않는 것이 철칙이다. 순하게 부탁하던 그의 어조는 점

점 명령조로 되더니, 급기야는 원망으로 변하면서 눈 깜짝할 사이에 누워있던 당까에서 몸을 굴려 몇 미터 떨어져 있던 시냇물에 머리를 처박고 꿀꺽꿀꺽하더니, 몇 분 후에 절명해 버리더라는 것이다.

중대 안에는 또 하나의 큰 사건이 벌어졌다. 임시 취사장으로 쓰고 있던 초가집 한 채에 수류탄이 떨어져서 그 안에서 자고 있던 취사병이 폭사했다. 적병의 소행일 가능성은 희박했고, 부대 내의 태업 혐의가 커졌다. 그 일등 당원, 박 정치 부중대장의 발등에 불이 떨어진 셈이었다. 모든 간계를 써 가며 그의 조직적인 수사가 시작된 것이었다. 얼마 안 가서 증거가 잡혔다. 그날 보초를 선 병사 한 사람의 수류탄이 없어진 것이다. 박 부중대장 앞에서 그는 솔직히 고백했다. 그날 심야에 취사장 아래 초소에서 보초근무를 하던 그는, 자살을 하려고 수류탄을 빼어 들고 핀을 당겨 뺐다는 것이었다. 그 순간 용기가 사리지면서 주저주저하다가 경황이 없어서 멀리 던져버렸던 것이, 하필이면 취사장 가까이에 떨어져 불쌍한 취사병 몇몇이 죽게 된 것이었다. 중대가 발칵 뒤집혔다. 모든 사람에게 책임이 있었다. 그러나 정치 교육의 책임자인 박 부중대장의 얼굴을 일그러질 대로 일그러져 있었다. 다음날 대대본부에서 장교가 두 사람 내려와, 벌벌 떨고 서 있던 10대 소년을 데리고 어디론가 사라졌다.

그 후에 전해들은 그의 범죄동기는 이러했다. 범행하기 한두 달 전에 이 젊은이는 식당에 들어가 밥을 한 그릇 훔쳐 먹었다. 때마침 명태찌개도 그릇에 담겨있어 모처럼 포식을 했다는 것이었다. 그런데 마침 그때 대대본부에 가서 급식을 타 가지고, 수레에 싣고 늦게 돌아온 보급 하사관은 밥을 찾아먹을 수가 없었다. 사욕을 채우기 위하여 동지의 밥을 횡령하는 행위는 가장 추악한 것이며, 따라서 이런 일은 뿌리를 뽑아야 한다며, 전 중대에 캠페인이 시작되었다. 분대별 성토대회가 열렸다. 민청회의가 따로 여렸고, 당원은 그들끼리 모여 이러한 반인민적 만행을 근절시켜야 한다고 설쳐댔다. 드디어 한 소년이 나와 자백하고 말았다. 그 순간부터 그는 중대전원의 빈축 속에 비난의 대상이 되었다. 연일 열리는 회의에서 그는 몇 번이고 되풀이하여 자아비판을 했고 사과를 했다. 상호비판이라 하여 동료들의 끈질긴 손가락질이 뒤따랐다. 그의 여린 마음은 자살로써 안식을 찾으려 했던 것이었다. 장발장의 재판(再版)인가.

나는 들을 것을 다 듣고, 볼 것도 다 본 것 같았다. 인간사회에서 이러한 무서운 일이 생길 수 있을까 하고 고민했다. 또 모든 것이 미워졌다. 나는 드디어 이곳을 탈출할 결심을 하고, 주도면밀한 계획을 착착 세워나갔다. 나는 이곳을 탈출할 때 모든 것을 폭파시킬까 하는 무모한 생각까지도 해 봤다.

4.

같이 탈출해 나온 이길선 전사와 내가 탄 나룻배
는, 동녘이 밝아올 무렵에는 목적지인 여도까지의 중간
쯤 되는 곳에서 노를 젓고 있었다. 점처럼 멀어진 우리
를 육안으로 보고 분에 넘쳐 어쩔 줄 모르고 광분한 중
대, 특히 박 정치부중대장의 붉으락푸르락, 주먹을 쥐고
노발대발하는 얼굴을 보는 것 같았다. 그러나 차마 자
기네들의 위치를 재차 노출하면서까지 우리에게 포를
쏘지는 않겠지······

그 가난하게 사는 어부의 배를 빼앗아 온 데 대해서
는 미안한 마음을 금할 길이 없었다. 영흥만에 떠있는
미 군함들도 이제는 상당히 크게 보였다. 그 중 하나는

폭이 좁고 몸체가 새까맣고 높은 형태로 되어 갔다. 틀림없이 우리를 향해 방향을 잡은 것이었다. 나는 이 전사에게 노 젓는 것을 중지시키고, 흰 내의를 벗어 손에 들고 흔들라고 이르고는 나도 그렇게 하였다. 새까만 강철뭉치가 점점 커지더니 딱 정지했다. 타고 온 목선은 출렁거리는 파도에 걷잡을 수 없이 흔들렸다. 갑판에서 미 해군이 줄지어 서서 구경하고 있더니, 드디어는 우리 곁에 와서 사다리줄을 내려놓으면서 올라오라고 손짓했다. 서투른 영어로 우리는 인민군 포병인데 탈출해 나온 것이라고 설명했더니, 바구니 같은 것을 내려 보내어 내가 메고 있던 따발총과 수류탄과 기타 소지품을 다 실어 올려갔다.

그러더니 밧줄로 만들어진 사다리를 내려주어 우리는 이 구축함의 갑판 위에 올라섰다. 옷을 다 벗기고 가운을 주더니 우선 샤워실로 안내했다. 식당에 가 트레이에 들어 있는 아침식사를 마치고 나니, 정보장교가 50,000분의 1의 압롱리 지도를 들고 와서 3문의 포가 위치한 지점을 지적해 보라고 했다. 그는 이미 다 알고 있는 것 같았다. 이 지도에 우리가 취사장으로 쓰고 있던 조그마한 초가집까지 실려 있는 것을 보고는 놀랐다. 그러는 동안에 이 구축함은 여도 부두 가까이에 와서 조그마한 모터보드에 우리를 싣고 기중기로 우리를 해면 위에 내려놓았다. 우리가 타고 나온 목선을 뒤에 달고 부두에 닿자마자, 미리 연락이 되었는지 한국군 헌병 둘이 기다리고 있었다.

"이놈의 자식들 그냥 쏴 죽일까 보다." 권총을 휘두르는 헌병의 첫 인사말에 하도 놀라, 아연한 내 입은 닫히지가 않았다. 무슨 말을 먼저 해야 할지 생각이 나지 않았다. 짚차에 태워 어떤 퀸셋(Quonset)에 데리고 가더니, 짐을 퍼내듯이 해병대에 넘겼다. 놀라 뛰는 내 심장을 달래며 심문관의 책상 앞 의자에 앉았다. 묻는 말에 차분히 대답했다. 6·25 이후의 지금까지 내 경위를 적어 놓고서, 얼굴을 들고서 나를 쳐다보는 소위의 얼굴에서 동정의 빛을 읽었다. 조금 전에 두 사람 헌병의 포악한 것과는 판이했다. 그는 고려대 1학년을 다니다 군에 소집되었고, 소위로 임관되어 이 섬에 배치되었다는 자기 이야기도 해주었다. 그의 말에 의하면 며칠 전에 배를 타고 넘어온 젊은이가 있었는데, 이 섬 우물에 독약을 타는 흉계를 꾸몄었다고 했다. 그런 일이 있은 후로는 탈출해 나오는 자는 인민군이건 민간인이건 모조리 포로취급을 하도록 지령이 내려왔다고 했다. 오랫동안 꿈꾸며 기다려 왔던 자유대신에 내 앞에는 수용소 생활이 기다리고 있었다. 포로가 된 것이었다. 나는 POW라고 등에 크게 도장이 박힌 유니폼으로 갈아입었다. 배를 타고 올 때 이길선에게 여도에 닿기만 하면 자유의 몸이 될 것이라고 장담한 것은 아랑곳없이……

큰 실망도 시간이 흐르면 점점 식어가는 법. 내 처지를 제대로 이해할 때에는 석방되어야 한다고 나는 믿었다. 철조망을 치는 노역을 하고 있을 때 해병대 사병한 사람이 무심코 지나가다가 나의 얼굴을 기웃기웃 쳐다보더니, 가까이 접근하여 정읍 사람이 아니냐고 물었다. 그는 이평면에 사는데 우리 집안을 잘 안다고 했다. 이분이 정읍에 엽서를 보냄으로써 나의 생사를 모르고 있던 부모, 형제, 자매에게 내가 살아있다는 꿈같은 기별이 가게 된 것이다.

한 열흘 후에 우리는 LSFD에 타고 해안선을 따라 남하했다. 도중 LSD와 병행으로 경쟁하듯 공중에 뛰어날고 있는 고기를 보았는데 이것이 날치라는 것이었다. 난생 처음 보는 장관이었다. 주문진에서 내려 또 수용소에 들어갔다. 우리를 맡은 이 하사는 부산에서 고등학교에 다니다 왔다는데, 아주 똑똑하고 영리했다. 그에게 부탁해서 정읍에 연락을 했더니, 큰 형님이 찾아오셨다. 반가운 마음은 이루 형언할 수 없었다. 부모님께서 별 일 없이 건강하시다는 소식을 처음으로 듣고 나는 무척이나 기뻤다. 내가 낙동강 전선으로 끌려갈 것으로 짐작했는데, 아무리 기다려도 소식이 없어 몹시 슬퍼하셨던 모양이었다. 꿈에 내가 보였다고 눈물바람을 하시다가 점쟁이를 찾아가 위안을 받으시기도 하시고…… 내가 끼쳐드린 걱정과 나로 인한 상심으로 얼마나 더 늙으셨을까? 전주에서는 내 생일에 떡과 과일을 차려 놓으시고, 두 분이서 수심이 가득 차 음식을 조금도 들지도 못하시더라는 이야기는 후에 누님한테서 들은 이야기였다.

이 하사의 호의로 사진관에 가서 촬영도 했다. 부모님께 우선 보여드려야 했기 때문이었다. 며칠 후에는 둘째 형님도 찾아오셨다. 형님 두 분이 본부에 찾아가 주문진에서의 나의 석방운동을 시도하셨으나, 자기네들 권한 밖의 일이라고 거절당했다고 했다. 이 하사는 휴가를 받고 경상도 자기 고향에 내려가기 전에 나에게 조용히 귀뜸을 해주었다. 일본으로 밀항할 텐데(해방 전에 일본 거류민이었음), 귀대하지 않으면 성공한 것으로 간주하라는 것이었다. 그의 친척이 지금은 일본에 많이 살고 있으므로 그곳에 가서 길을 개척해 보겠다는 것이었다. 아주 능력이 있고 재치가 빠른 사람이었다. 나는 그가 성공하기를 바랬다.

후임으로 황 하사가 왔다. 휘문을 다니다가 소집되었다는 그는 나에게 무척 친절했다. 창고 안에다 책상과 침대를 만들어 놓고 날더러 수학과 영어를 가르쳐 달라는 것이었다. 마음이 고운 황 하사는 다른 포로들에게도 친절했다. 이 때 황 하사의 상관으로 있었던 변 중위라는 비대한 사람이 있었는데, 대학을 나보다 1년 후에 들어간 사람이었다. 새까만 얼굴에 색안경을 쓴 그는 웬 까닭인지 항상 회초리를 들고 다니는 버릇이 있었으며, 가끔 수용소 순찰을 했다. 하루는 무슨 영문인지 화를 심하게 내더니, 모두를 천막 안에 불러놓고 일장의 훈시를 한 다음 기합을 주었다. 몇은 그 회초리로 후려 갈겼다. 별 이유도 없이 발작적으로 그랬던 것 같이 기억된다. 그 때 그는 일본에서 유행되었던 "上海가에리노 리누"와 "강깡 무스메"를 곧잘 부르곤 했었다.

6월 초순이었다. 우리를 실은 트럭은 남쪽을 향해 출발했다. 강릉으로 해서 대관령을 넘어 달렸다. 대구에서는 빨간 사과를 얻어먹었다. 경주를 지나 부산에 들어섰다. 거제리(거제도가 아님)에는 대대적으로 지어진 수용소가 있었다. 생각해 보니 두만강 꼭대기에서 굽이굽이 내려와, 더 이상 갈 수 없는 항도 부산에 이른 판이었다. 내가 들어간 막사에는 다행히도 억센 수감자가 없었다. 그리고 이때 이남출신과 이북출신을 갈라서 수용하는 바람에, 길선과는 할 수 없이 헤어지게 되었다.

　거제도에서의 폭동 만행에 관한 소식도 들렸다. 막사 내에서 말라리아 환자가 생겼다. 정신이상자도 있었다. 그러나 대부분이 잘 자고 잘 먹고, 낮에는 트럭에 삽과 괭이를 싣고 부산교외의 도로공사에 나가서 일을 했다. 이러한 생활을 하고 있던 어느 날, 면회하러 온 분이 있다고 하여 수용소 본부에 있는 면회막사에 인도되어 갔다. 어머님과 큰형님이 기다리고 계셨다. 2년만의 재회인데 어머님께서는 무척 늙어 보였다. 어머님 손목을 잡는 순간, 쏟아져 나오는 눈물을 주체할 수 없었다. 그동안 북에서 있었을 때 그 많은 일을 당하고도 울어본 일이 없었는데……

자유의 몸으로 다시 만나 뵐 것을 기약하고 막사로 돌아왔다. 불원 석방될 것이라는 소문이 돌아다니는 때였다. 그런데 며칠 후에는 수용소 안이 갑자기 소란해졌다. 알고 보니 1952년 6월 18일 이승만 대통령이 UN의 정책을 거역하고 반공포로 27,000명을 아무도 모르게 석방해 버렸다는 소식이었다. 이로부터 얼마가 지난 후에 우리 수용소에도 집합 명령이 내려지더니 우리 모두를 트럭에 태워 부산역으로 달렸다. 홈에 대기된 긴 화물열차에 우리는 분승했다. 밤새 달려 다음날 오후에 조치원으로 해서 청주에 내렸다. 이때가 1952년 7월이다. 어느 학교 강당에서 하룻밤을 지새우고, 다음날 아침에는 마당에 전원을 집합시켜 놓고 대한민국의 따뜻한 품에 안기게 될 은혜를 잊어서는 안 될 것이라는 여러 유지들의 훈시가 있었다. 이어 각자 집에 돌아갈 동안에 필요한 식량을 쌀로 한 되씩 싸주고, 또 치안국 도장이 크게 찍힌 석방포로 신분증명서를 교부받았다. 이것을 제시하면 기차나 버스를 무료로 탈 수 있을 것이라며, 또 목적지에 도착하여 동회사무소에 찾아가면 구호책도 있을 것이라는 첨언도 했다. 나는 경부선 3등 열차에 몸을 싣고 창가에 스쳐 지나가는 광경을 멍하니 바라보고 있었다. 기쁜 일인지 슬픈 일인지 도대체 분간할 수 없었다. 대전에서 하차하였다. 이곳저곳 피난하다가 임시 정착한 가족을 대전 대흥동에서 만날 수 있었다.

에필로그

그로부터 얼마 안 되어 목포에 내려가 백운당 약방을 찾아가서 백철수의 형님을 만났다. 시청에 근무하고 있는 그는 거의 매일 역에 나가 기다렸는데, 서울에서 먼 길을 내려오는 철수의 친구만 보게 되자 "못난 것이" 하고 화를 냈다고 한다. 낙동강 전선에서 쓰러진 것으로 믿었으나 철수 어머님께서는 미련을 버리지 못하고 무당을 찾아 갔더니, 말뼈다귀를 구해다 집 마당 모퉁이에 묻어 놓으면 돌아올지도 모른다 하기에 그대로 실행했다고 마당 한 구석을 가리켰다. 내 이야기를 듣고 철수가 살아있다는 것을 알게 되어 기쁘며, 또 그렇게 친했다는 내 손을 잡으니 자기 동생의 손을 잡는 것 같다면서 눈시울을 붉혔다.

이길선이는 나보다 좀 늦게 석방되었고, 바로 국군에 입대했다. 나는 학업을 계속할 기력을 완전히 잃고, 무슨 일이고 닥치는 대로 하면서 살아나가면 되겠지 하는 막연한 생각에 사로잡혀 있었다. 그 당시 둘째 형님은 이리에 내려와 해양대와 중앙대 분교에 출강하고 계셨는데, 이리공대에 말이 다 되어 있으니 전학수속을 밟고 자기 집으로 오라고 강력히 권해 주셨다. 그 무렵에 이길선이 휴가를 받고 이리로 찾아왔다. 무척 반가웠다. 인천 거리에서 우연히 남하한 자기 형님을 만났다는 기쁜 소식도 전했다. 그 후 기묘하게도 이길선과의 소식이 두절되었고, 1958년에 나는 미국유학길에 올랐던 것이다.

곡절 많았던 2년여의 편력을 더듬으면서 두 가지의 신기한 일을 생각하게 된다. 첫째는, 전선에 서서 상대방 군인을 겨누고 총을 쏘아본 일이 한 번도 없다는 것이다. 후퇴할 때는 항상 전선과 거리를 유지했으며, 후방에서 훈련받고 배치된 곳이 해안포 부대였기 때문이다.

둘째로는, 이렇다 할 부상을 입은 일도 없다. 기총소사를 밥 먹듯이 당하고 함포세례도 일상사였는데 파편조각 하나 스치고 간 일이 없다. 굳이 주의하여 살펴보면 내 몸에 상흔이 희미하게 두 개 있는 것을 찾아낼 수 있다. 하나는 호도에서 원산으로 가면서 타고 가던 트럭이 급정거를 하는 바람에 콧등을 강철 프레임에 찧어 피가 난 일이 있다. 또 하나는, 여도 수용소에 들어 있을 무렵에 철조망을 가설하다가 날카로운 철사 끝이 왼손 손등을 할퀴는 통에 생긴 것이다. 두 개 다 실처럼 가늘어져서 이제는 잘 보이지도 않는다. 30여 년 전의 내 편력도 그때 입은 이 두 개의 희미한 상흔과 함께 기억이 시들어지겠지……

사가(史家)의 숙제거리겠지만, 트루먼과 맥아더와의 알력(軋轢)에는 지금도 양론이 있다. 맥아더의 주장대로 중국에 쳐들어갔더라면 판도가 바뀌어졌을 테지만, 지금 세상이 과연 더 평화로울 것인지는 알 수 없는 일이다. 단, 나에 관한 한, 시간으로 보나 위치로 보나, 두만강 부근에서 20의 청춘을 무슨 영문인지도 모르면서 바쳤을 확률이 높다.

어떻게 해서 그 다난한 길을 걸어야 했는가에 생각이 미칠 때 내 자신의 사람됨을 굽어보게 된다. 나는 원래 사상에 날카롭지 못하고 혁명이라는 것에 대해서 반응이 둔하다. 지금도 그렇다고 느끼는데, 이제 와서 돌이켜 볼 때 서울에서 끌려갈 당시 벗어날 수 있는 틈도 있었을 텐데 라고 생각도 해 본다.

그렇게 생각하면 자업자득이라고나 할까……

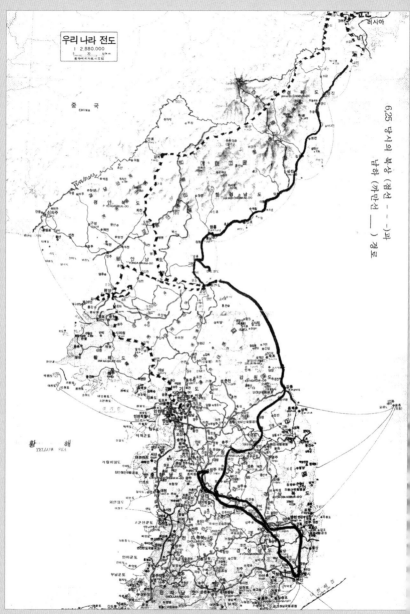

6·25 당시 김형갑 박사의 이동 노선

대려 시험

수필 「代理 試驗」은 서울대학교 공과대학 전기공학과 동문회 소식 제6권 제1호(1987년 4월 23일)에 실린 글이다.

고등학교 시절이었으니 해방이 되고 3, 4년 후의 일이었으리라. 급우 중에 같은 고향에서 온 金君이 있었는데 하루는 나를 찾아오더니 평소와는 달리 아주 친절한 어조로 조용히 할 말이 있다고 하면서 나를 운동장 한구석에 데리고 갔다. 그가 조용히 한 이야기의 내용을 요약하자면 일 년 후에나 고등학교를 졸업하게 될 것 같은데 그때까지 기다린다는 것은 너무 지루해서 견딜 수가 없으니 바로 대학 체육과에 들어가야겠다는 것이었다. 내가 대리로 필기시험만 쳐 준다면 만사는 순풍에 돛을 단 듯이 진행될 것이라고 자신만만했다.

하기야 그 무렵에는 운동선수는 툭하면 대학생이 되

곤 하였다. 고등학교에서 낙제한 것이 분명한데 얼마 후에는 대학모자를 쓰고 유유히 활보하고 다니는 학생을 본 일도 있었다.

전군은 야구를 퍽 잘 했다. 홈런도 다른 선수보다 잘 때렸고 몸이 날쌔서 수비할 때에는 1루수를 담당했다. 둥글 넙적하고 거무튀튀한 얼굴은 항상 미소를 지어 호감을 주었고 두툼한 입술 사이엔 하얀 이가 유달리 눈에 띄었다. 그 당시 힘깨나 쓰는 애들은 허세를 부려서라도 재고 다니는 풍조였는데 그는 빵떡모자는 쓰고 다녔을망정 깡패에 끼지는 않았다.

그가 궁리해냈고 나에게 조역을 맡아 달라는 일의 수행절차는 아래와 같았다. 즉 그의 입학원서의 사진란에 내 사진을 붙여 제출해 놓으면 필기시험 때 시험 감독이 원서를 들고 와서 일일이 대조해도 무난히 통과될 것이라고 했다. 시험을 치룬 후에 사진을 바꾸어 붙이는 등의 조작은 자기 친척이 다 맡아주기로 이미 약속이 되어 있다고 했다. 그 친척은 편리하게도 사대의 사무직원으로 있으니 일은 능히 해치울 수 있다는 것이었다. 주도면밀한 설명을 끝마친 다음 그는 한마디 더 첨가하는 것도 잊지 않았다. 돈암동에서 자기 형이 양계를 하고 있는데 닭과 계란이 남아돈다고 자랑했다. 항상 배고픈 것 같았던 그때인지라 이러한 암시는 결코 싫지 않았다. 게다가 전군은 동향의 친구요 또 성격으로 봐서도 그가 사대 체육과를 나오는 날에는 훌륭한 체육교사가 될 것이 틀림없다고 믿어져서 나는 별로 주저함도 없이 승낙하고 말았었다.

시험 날 아침 을지로 5가에 있는 사대 교문을 들어섰더니 전군이 기다리고 있다가 내 손을 꼭 쥐며 말없이 또 한 번 용기를 북돋아 주었다. 나는 다른 수험생들 틈에 끼어 줄지어 큰 교실에 들어가서 전군의 수험번호가 붙어있는 책상에 자리 잡았다. 설렁이는 가슴을 달래며 태연한 자세를 취하려고 무척 애썼다. 드디어 시험관 수명이 들어오더니 그중에서 제일 권위 있게 보이는 분이 시험 치기 전에 할 일이 한 가지 있다면서 흰 종이를 한 장씩 나누어 주었다. 거기에다 각자의 이름과 번호를 쓰고 또 조부모, 부모, 숙부모, 형제자매 그리고 조카들의 이름까지 다 기입하라고 지시했다. 나는 앞이 깜깜해졌다. 전군의 부모님의 성함도 모르고 있지 않은가. 형제자매, 숙부모는 모두 무라고 둘러댄다 치더라도 부모, 조부모를 무라고 할 수는 없지 않겠는가. 꼼

짝없이 당해버린 것이다. 나는 변소에 급하게 볼일이 있는 체 하고 시험실에서 나와 버렸다. 영문도 모르는 전군은 나를 보자 이상하다는 표정으로 달려왔다. 나는 그의 손목을 잡고 교문밖에 나와 일의 전말을 설명했더니 "그놈들 참 기발한 아이디어를 짜냈구나. 나도 거기까지는 미처 짐작 못했다."고 뇌까리며 무릎을 탁 치더니 감탄인지 절망인지 알 수 없는 묘한 소리를 한 번 질렀다. 그러나 스포츠맨답게 그는 바로 체념했다. 둘이서 을지로 4가까지 걸어가서 아이스크림을 하나씩 사먹고 헤어진 일이 생각난다. 닭과 계란은 물론 그 흰 종이 한 장으로 인해서 다 무산되어 버렸다.

일 년에 몇 번씩 나는 이곳 캐나다의 학생들 앞에 시험 감독으로 서게 된다. 이 자리에서 불편하게도 그때 일들이 회상되는 때가 있다. 나는 얼굴을 창문 밖으로 돌려 먼 산을 바라보며 혼자 고소한다.

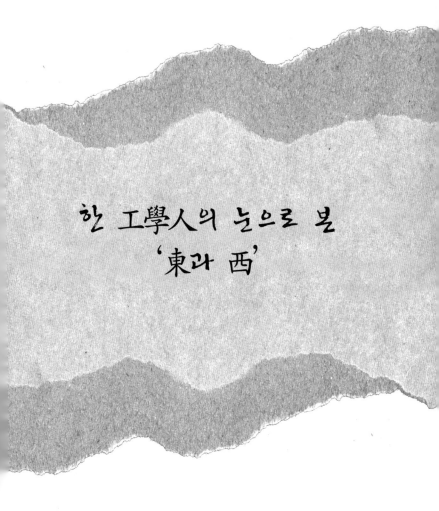

한 工學人의 눈으로 본
'東과 西'

「한 工學人의 눈으로 본 '東과 西'」는 고 김형갑 박사가 1990년 하계학술 대회 때 한 특별강연을 대한전기학회지에 수록한 글이다.

동양과 서양이 어떻게 다른가를 한 공학인의 입장에서 비교해 보고 차이점으로부터 서로 배울 수 있는 소지와 가능성을 찾아보기로 한다.

지능 (Intelligence)

우선 지능의 잠재력(Potential)에 있어서 차가 있는가 하는 문제를 알아보기로 하자. 여기에 관해서는 말썽이 많았는데 그 대표적인 것으로서 두 개의 논문을 예시해 보자.

Shockley(William) 박사는 Transistor를 발명한 3인 중에서

도 지도자적 역할을 했으며 그 후 그가 설립한 Shockley Semiconductor사로부터는 많은 독립된 연구소가 파생하여 이른바 Silicon Valley의 모체를 이루었으니 그야말로 현대전자공학발전에 있어 빼놓을 수 없는 선구자였다 해도 과언은 아닐 것이다. 그런데 무슨 동기였는지 그는 만년에 방향을 바꾸어 유전학 연구에 모든 정열을 쏟았다.

그 연구 결과를 발표했는데 그야말로 커다란 Shock를 일으켰으며 여파는 사회문제로까지 번져나갔다. 그 논문의 내용인즉 "흑인의 지능은 유전적으로 낮으니 그들의 출생률이 높아질수록 미국 전체의 평균지능은 내려갈 것이므로 불행한 일이다"라는 것이다. 바로 유전학 전문인 학자들로부터의 공격의 화살이 집중되자 그는 독특한 아집을 부려 "흑인여성 중에서 자궁수술을 자원해 나오는 경우에는 국가에서 상당액수의 상여금을 주어 마땅하다"라고 맞섰으며 나아가 유전학에서의 자기 연구결과는 트랜지스터 발명보다 더 위대한 것이라고 주장을 했으나 이렇다 할 호응을 받지 못한 채 작년에 세상을 떴다.

Shockley 박사의 논문이 동양인의 상대적 지능에 관해

직접적인 언급을 하지 않아 궁금하던 차 캐나다에 있는 Western Ontario대학의 한 교수가 이번에는 피부색깔로 구분하여 지능 순위를 매겨 "가장 우수한 것은 황인종이고 가장 열등한 것은 흑인종인데 백인종은 그 중간쯤 된다."고 발표했다.

별로 알려지지 않았던 이 백인 교수 Rushton 박사는 일약 유명해진 것까지는 좋았으나 그가 모은 Data의 수집방식과 분절법에 허점이 많았다는 사실을 학회로부터 지적받고 자취를 감추어버리고 말았다. 사람지능의 잠재력이 피부색깔이나 서식구역에 따라 다르다고 딱 찍어서 단정하는 데에는 무리가 있다고 보는 것이 순리일 것 같으니 우리는 여기서 지능의 잠재력에 관한 한 동양과 서양의 차이가 없다고 전제하자.

창조성 (Creativity)

그런데 창조성을 비교할 때도 차이가 없다고 말할 수 있을까. 창조성은 지능과는 달라 후천적으로 양육 성장될 수 있는 것일 것 같다. 다시 말해서 창의성이란 교육과 환경, 그리고 문화 등의 영향을 받는다고 생각할 수 있을 것 같다. 그러면 여기서 과거 약 200년간에 걸쳐 인류생활에 커다란 변혁을 일으킨 20가지의 발견 또는 발명품을 열거해보자.

증기기관, 백열전구, 전화, 축음기, 발전기, 전동기, Vaccine, Radio, 비행기, TV, Nylon, 원자탄, 컴퓨터, Transistor, Laser, 집적회로, Sputnik, DNA구조, 달착륙, 광섬유.

이들은 창조성의 전형적인 구현일텐데 솔직한 이야기로 동양의 창작으로 된 것은 하나도 찾아볼 수 없다. 바꾸어 말해서 적어도 과거 2세기 동안은 서양세계에서 과학 기술문명을 완전히 지배했다 해도 과언은 아닐 것 같다. 더 먼 과거를 더듬어 본다면 물론 동양문명이 서양의 그것을 앞지른 때가 적지 않았음을 찾아볼 수 있다.

앞에서 전제하기를 지능에서는 동서의 차가 없다고 보았는데 창작활동 또는 성과에 큰 차이가 뚜렷했던 요인을 어디서 찾아보아야 할까.

교육과 문화

생각해보면 우리나라, 중국, 일본 등에서는 초등학교로부터 시작하여 대학에 이르기까지 시험지옥을 거쳐야 했다(불행하게도 오늘날의 현실이기도 하다).

따라서 각 학교에서의 교육의 가장 으뜸가는 목표가 입시통과에 있었다. 이런 분위기에서는 자기류라는 사고방식은 사치 또는 시간낭비로 간주되었고 많은 학생들이 일제히 그리고 일률적으로 많은 것을 암기하는 길이 첩경이 되어 버렸던 것이다. 참고서에 의거하는 습관이 생겼고 문제를 푸는 데에는 정규적인 방법이 있고 답은 유일해야 마음이 편했다. 물리, 화학, 생물의 실험은 입시공과에 크게 도움이 되지 않으므로 등한시되었다. 여기서 10여 년 전 미국대학에서의 교편생활을 마치고 모교인 동경대학에 복귀한 일본인교수로부터 들은 이야기가 상기된다. 입시 때 구두시험장에서 일어난 일이었다 한다. 모든 질문을 척척 받아 넘기는 유달리 똑똑한 수험생을 보고 퍽 호감을 느낀 그 교수는 묵묵히 듣고만 있을 수 없어 "취미는 무엇인가?"하고 한마디 던져 보았더란다. 그 학생은 "음악입니다."라고 못을 박고 한숨 쉬더니 청산유수로 작곡가의 이름과 작품번호까지 꿰어 대더란다. "…천재인 Mozart는 41개의 교향곡, 5개의 Violin협주곡 외에 가극 Don Giovanni, 마적 등을 남겼으며 27개나 되는 Piano 협주곡 wnddptjsms 20, 23, 24번이 걸작이고…" 이 수험생의 박식에 크게 감동한 교수는 서슴치 않고 A+를 매기고서 여담으로 "27개나 된다는 Piano협주곡 중에서 자네가 가장 좋아하는 것은 몇 번인가?"고 물었더니 "저는 아직 하나도 들어본 일은 없는데요"로 응하더란다. 아연실색한 그 교수는 용기를 내서 이 쓰라린 경험을 편지로 써서 문부성에 보내어 교육시책의 재검토를 촉구했으나 시원한 답을 받지 못했다고 술회했다.

창조성에 관련시켜 또 한 가지 생각해 보고 싶은 것은 과거의 우리생활에 짜여 있던 문화체제이다. 충과 효의 도는 우리에게 특유한 미덕을 가져 온 것이 틀림없다. 그러나 이러한 사상은 기성세력이나 질서에 대한 순응(Conformity)과 조화(Harmony)를 너무 숭봉하는 나머지 비판(Criticism), 도전(Challenge), 및 혁신(Innovation)의 정신을 둔화시키는 효과를 가져 오지 않았을까. 그런데 과학기술 발전에는 바로 비판, 도전, 혁신이 필요불가결한 요소임에 틀림없다.

Copernicus, Edison, Einstein 등이 동양인이 아니었다는 사실을 우연으로 삼아 버릴 수만은 없을 것 같다.

대학활동

대학생활에서도 여러 가지 차이점을 찾아볼 수 있다. 동양에서는 아직도 학생들의 예의 밝고 교수를 존중하는 기풍이 남아 있다. '스승의 날'도 있다. 그 반면 강의실에서 질문하는 학생은 아주 드물고 교수연구실에 찾아와 대담 또는 토론하는 광경은 진희하다. 그런데 숙제를 내주면 모두 하나같이 잘 풀어온다. 그리고 서양의 대학생에 비하여 더 근면하고 성취욕이 강하고 향학열이 높다. 지금 미국에서는 대학원 진학을 희망하는 젊은이가 줄어드는 추세에 있어 장래를 크게 걱정하는 인사들이 많다. 학교를 졸업한 후에 동무, 동창, 동향 등의 인연으로 맺어지는 유대나 친밀관계를 볼 때 동양에서는 농후한 데 비해 서양에서는 희박하다. 미국이나 캐나다의 교수진을 보면 모교출신이 사교출신보다 적은 예가 많다. 또 과나 학회를 설립할 때 분리보다 결합하는 경향이 짙다.

일반적으로 서양대학에서는 교수들 사이에 서로가 서로를 평가(Peer Evaluation)하는 사례를 흔히 볼 수 있다. 가령 종신교수(Tenure)나 승진(Promotion)을 신청할 때 동료교수로 구성된 위원회가 조직되어 해당교수의 연구실적, 강의능력 등을 심사하여 가부가 결정된다.

학장이나 총장의 자리가 나게 될 때는 적극적으로 광고하여 응모한 후보자 중 최적자를 역시 선발위원회에서 결정하여 대학이사회에 추천한다.

대학생활에 관한 이야기를 하면서 자율성(Autonomy)을 언급하지 않을 수 없다. 그것은 대학이 본연의 사명을 수행하여 발전해 나가는 데 있어 활력소 역할을 하기 때문이다. 서방세계에서 특히 미국 동부에서는 사립대학이라는 말이 명문대학이라는 말과 거의 동의어처럼 쓰이는데 그 이유를 사립대학에서 먼저 자율성을 살려왔다는 사실에서 찾을 수 있을 것 같다. 대학의 진로와 방향을 정부나 외부의 간섭 없이 자체가 정할 수 있다는 것은 어느 대학의 특수성 나아가서는 탁월성을 성취하는 데에 유리한 결과를 초래할 것이다. 학생의 입학허가방식, 교수채용방법, 연구 활동의 분야결정 등을 그

대학에 가장 적절하게 수행해 나가는 것이 가장 효과적임이 틀림없다. 또 대학이란 산업계와 달라 기초연구에 상당한 무게를 둘 수 있는 기관이다. 우수한 대학일수록 기초 연구를 통해 명성을 떨친다. 역사적으로 봐서 기초과학 연구에 더 큰 무게를 둔 대학이 서양에 더 많았다는 사실을 간과해서는 안 될 것이다. 일본이 경제 대국이 된 것은 기초연구보다는 첨단기술을 남보다 앞서 개발했기 때문이라고 볼 수 있겠는데 앞으로는 기초연구에 막대한 투자를 할 모양이다. 최근 우리나라에서도 그 필요성이 고조되고 있는데 오히려 당연한 일이라 하겠다. 21세기에 실현되리라고 예상되는 새로운 차원의 산업이 있다. 한 예로서 무중력 진공상태에서는 지금까지 얻지 못한 소재 또는 제품들이 나올 수 있을 것이다. 그러한 가능성에 대응하는 준비도 적기에 하지 않으면 방관자의 신세를 면치 못할 것이다.

동과 서를 비교해 보는 이 마당에서 지금 서양사회가 안고 있는 커다란 문제를 지적하지 않을 수 없다. 자유, 개방, 방임, 다양성 등에서 간혹 폐단을 불러오기도 한다. 오늘날 미국의 중고등학교 중 60%가 Marijuana, LSD, Cocaine 등 마약을 경험했다 한다. 중퇴하는 학생 수가

늘어나고 문맹자도 우리나라보다 훨씬 많다. 대학을 졸업하는 백인 중에서 대학원에의 길을 향하는 자의 수가 줄어가고 있다. 서양의 교육가와 정치인들은 동양의 근면성, 향학열, 성취욕 등을 동경하고 있다.

전망

지금 지구는 점점 작아져 가고 있다. 궤도에 올라서 모체인 지구를 멀리 바라보면 한 개의 물건처럼 사진으로 담아 오지 않는가. 지구는 확실히 구형을 이루고 있고 그 표면을 파란 물과 하얀 구름이 싸고 있음을 육안으로 볼 수 있다. 우주 안에서 유일한 이 주옥같은 혹성을 꼭 보존해야 하겠다는 인류의 양심을 자아내 주기도 한다.

한편 지구가 작아져 간다는 사실은 궤도에까지 올라가지 않고서도 알 수 있다. 우선 통신정보계통을 보자. 대서양과 태평양의 해저에는 지금 광섬유Cable이 계속 증설되고 있다. 선 하나만으로도 8,000통화가 동시에 이루어 질 수 있다. 거기에다 통신위성수도 증가일로에 있다. 다음에는 교통수단을 생각해보자. 지금 날고 있는 가장 빠른 여객기로서 초음속이 Concorde를 들 수 있는데 항적거리가 짧고 100명 이상 태울 수 없고 휘발유를 대량 소비하여 비경제적이다. 이러한 결점을 해결하기 위하여 구라파와 미국에 있는 항공회사들은 Mach 2.5(시속 약 3000km) 거리를 중간 주유 없이 날 수 있는 신세대 여객기의 설계를 신중히 검토하고 있다. 이러한 여객기로는 LA-서울간, 또는 Paris-서울간을 5시간에 날게 되는 셈이다. 이 시간을 더 단축시켜 2시간으로 나는 가능성을 내다보는 전문가도 있다.

즉 궤도여행(Orbital Flight) 이야기인데 그 실험모델로는 NASA Shuttle을 빌릴 수 있으니 그에 필요한 기본적 기술은 이미 존재한다고도 볼 수 있는 일이다.

이렇게 되면 동과 서가 하루 생활권 안에 들게 될 것이니 지구촌(Global Village)이라는 말은 문자 그대로 실감하게 된다. 따라서 위에 관찰해 본 동서의 차이점도 자연히 희박해질 것이다. 그 차이점들이 어떠한 방향으로 어떻게 융화될 것인가는 21세기를 목전에 둔 우리 모두의 지혜에 달려 있을 것이다.

미국 유학길에 올라 – 비행장에서(1958)

학위수여 기념(1965)

첫 번째 한국방문 기념 가족사진(1968)

정년 은퇴 당시 연구실에서(1992)

故 김형갑(金炯甲) 박사 약력

1930   전북 정읍 출생

1949   서울대학교 공과대학 입학

1955   전북 이리 공대(전북대학교 공과대학 전신) 전기공학과
            졸업

1958   미국유학

1960   University of Pennsylvania 대학원 졸업(석사과정)

            General Electric Co. 연구원

1964   미국 University of Pennsylvania 공학박사. 및 동 대학
            교 강사

1965-1992   캐나다 University of Manitoba 공과대학 전기전자공학과
            교수

1974-1975   한국 과학기술원 초빙교수

1989-1990   서울대학교 공과대학 전기공학과 및 전자공학과 초빙교수

1992   전북대학교 공과대학 전기공학과 및 전자공학과 초빙교수

1993   별세

2012. 8.   서울대학교 명예졸업

[주요 논문]

- Multivariable Function과 그의 合成에 있어서의 問題點 (전기학회지, 1975)

- 回路網合成論과 필터 設計의 歷史的 背景 (전기학회지, 1983)

- 새로운 구조를 갖는 CMOS 자동증폭회로 설계 (Design of a New CMOS Differential Amplifier Circuit, 한국통신학회논문집, 1993)

[에세이]

- 캐나다의 대학 (전기공학회 잡지, 1975)

- 대리 시험 (서울대 전기공학과 동문회 소식, 1987년)

- My Odyssey (Pennsylvania대 동창회보, 1989)

- 한 工學人의 눈으로 본 '東'과 '西' (전기학회지, 1990)

편자 이강재

서울대 중문학과를 졸업하고 동대학원에서 박사학위를 취득하였으며, 고대 중국의
언어와 논어를 중심으로 한 유가경전을 연구하고 있다. 현재 서울대 중문학과에 재
직 중이다.

어느 서울대 공대생의 한국전쟁

초판1쇄 발행 2014년 6월 12일 | **초판2쇄 발행** 2014년 7월 10일

저자 김형갑 | **편자** 이강재

펴낸이 이대현 | **책임편집** 이소희 | **편집** 권분옥 박선주

디자인 이홍주 | **마케팅** 박태훈 안현진 | **관리** 이덕성

펴낸곳 도서출판 역락 | **등록** 제303-2002-000014호(등록일 1999년 4월 19일)

주소 서울시 서초구 동광로 46길 6-6 문창빌딩 2층

전화 02-3409-2058(영업부), 2060(편집부) | **팩시밀리** 02-3409-2059

전자우편 youkrack@hanmail.net

ISBN 979-11-5686-059-4 03810

정가 8,000원

* 파본은 구입처에서 교환해 드립니다.

* 이 책의 판권은 저자와 도서출판 역락에 있습니다. 서면 동의 없는 무단 전제 및 무단 복제를 금합니다.
  다만 저자의 유족과 연락이 닿지 않은 관계로 추후 연락되는 대로 일반적인 기준에 따라 저작권료를 지
  급하겠습니다.

이 도서의 국립중앙도서관 출판시도서목록(CIP)은 서지정보유통지원시스템 홈페이지(http://seoji.nl.go.kr)와 국
가자료공동목록시스템(http://www.nl.go.kr/kolisnet)에서 이용하실 수 있습니다.(CIP제어번호 : CIP2014016975)